COLLECTION FOLIO

Meir Shalev

Ma grand-mère russe et son aspirateur américain

Traduit de l'hébreu
par Sylvie Cohen

Gallimard

Titre original :

HA-DAVAR HAYA KAKHA

הדבר היה ככה

Meir Shalev est né à Nahalal et vit à Jérusalem. Journaliste à *Yediot Aharonot*, le plus important quotidien israélien par son tirage, il est l'auteur de nombreux livres à succès parmi lesquels *Que la terre se souvienne*, *Pour l'amour de Judith* et *La meilleure façon de grandir*, tous traduits dans plusieurs langues. *Le pigeon voyageur* a été couronné par le prestigieux prix israélien Brenner 2006 et le National Jewish Book Award 2007 aux États-Unis.

À mes oncles et tantes

1

Alors voilà… par une chaude journée d'été, il y a quelques années, je m'étais préparé un café après une bonne sieste. Tout en buvant, je remarquai des regards curieux et des rires étouffés. C'est en me baissant pour enfiler mes sandales que j'en compris la raison : chacun de mes orteils, les dix, était écarlate.

« Qu'est-ce que ça veut dire ? m'écriai-je. Qui m'a peint les ongles ? »

Derrière la porte de la véranda entrouverte me parvinrent des gloussements que, fort d'une longue expérience, j'identifiai aussitôt.

Je haussai la voix.

« Je sais qui a fait ça ! Attendez que je vous attrape ! Je vais vous peindre le nez et les oreilles en rouge, comme mes pieds, mon café n'aura même pas le temps de refroidir, vous allez voir ! »

Les gloussements se muèrent en éclats de rire, confirmant mes soupçons. Pendant mon sommeil, Roni et Naomi, mes petites nièces, s'étaient glissées dans la chambre pour me faire les ongles des orteils. J'appris par la suite que la cadette en avait verni quatre et l'aînée les six autres. Elles espéraient que je sorte sans m'en apercevoir et que je devienne la risée générale. Se voyant démasquées, elles se précipitèrent dans la pièce en criant : « C'est trop joli, ne l'enlève pas ! »

J'en convins volontiers, mais il y avait un hic : je sortais participer à un « important événement » où je devais prendre la parole ; je ne pouvais décemment pas paraître ainsi en public, d'autant que l'été, j'allais toujours en sandales.

Les petites étaient au courant dudit événement, comme de mon habitude de me promener pieds nus dans mes sandales. C'est d'ailleurs la raison pour laquelle elles m'avaient joué ce mauvais tour.

« En d'autres circonstances, j'aurais accepté, mais pas pour cette occasion-là, expliquai-je. Aucun individu sain d'esprit n'oserait se montrer devant ce genre d'auditoire avec du vernis aux pieds — rouge en plus. »

La cérémonie en question était l'inauguration d'une ancienne cache d'armes utilisée par la Haganah — l'organisation paramilitaire qui opérait en Palestine sous le mandat britannique. Aménagée dans une ferme du village de Nahalal, elle avait été maquillée en fosse à purin sous l'étable. Dans mon roman *Que la terre se souvienne*, j'avais imaginé une planque semblable dans un village fictif de la vallée de Jezréel. À la suite de la parution du livre, les lecteurs accoururent voir la vraie cachette dans la vraie ferme du vrai village.

Grâce au bouche-à-oreille, il y eut un tel afflux

de visiteurs que l'on ne savait plus que faire. Un jour, les fermiers eurent l'idée de la restaurer et d'y adjoindre un point d'information, constituant une confortable source de revenus supplémentaires. Or l'inauguration de la cache rénovée avait lieu le jour où mes deux jeunes nièces m'avaient verni les orteils.

« Allez chercher de l'acétone et débarrassez-moi de cette cochonnerie, ordonnai-je. Et que ça saute, je suis en retard ! »

Les petites n'étaient pas d'accord.

« Non, vas-y comme ça ! »

Je m'employai à leur expliquer l'importance de l'événement auquel assisteraient plusieurs générations de combattants de la vallée, des vétérans de la Haganah, de l'armée, des corps mobiles et du Palmach. Des hommes qui maniaient aussi bien la charrue que l'épée, forgeaient leurs lances en faucilles et vice-versa. Bref, ces gens-là verraient d'un mauvais œil un homme aux orteils laqués de rouge.

Naomi et Roni ne voulurent rien savoir.

« Et alors ? Tu as dit que c'était joli, non ?

— Si vous ne m'en débarrassez pas tout de suite, je vais mettre des chaussures, menaçai-je. Comme ça, on ne le verra pas, votre vernis à ongles !

— Trouillard ! Tu as peur des ragots, hein ? »

L'argument fit mouche. Sans le savoir, les petites avaient mis le doigt sur un point sensible. Qui a souffert de la mentalité étriquée des premiers villages coopératifs n'ignore rien des regards inquisiteurs, des insinuations constantes, des rumeurs à n'en plus finir, tels des oiseaux s'abattant sur des semis. Surtout dans des lieux aussi glorieux que Nahalal. La barre y est plus élevée qu'ailleurs, et quiconque sort des sentiers battus s'en mordra les doigts, même s'il s'agit d'une peccadille commise dans son jeune âge. Surtout si on le trouve bizarre, timbré, un peu toqué ou minable, l'antithèse absolue de « brillant », l'un des plus beaux compliments que l'on puisse adresser, dans notre village, à ceux qui ont réussi.

Quelques années passées en ville ayant légèrement émoussé le pouvoir de dissuasion des ragots et autres potins, je me ravisai et décidai de relever le gant, en l'occurrence mes sandales. Je les chaussai donc, fourrai mes notes dans ma poche et m'en fus inaugurer la vieille cache d'armes en exhibant mes orteils vernis. La famille me regarda partir avec des sentiments partagés — amusement, tristesse, délectation, voire inquiétude — en se demandant dans quel état je regagnerais mes pénates.

Malgré la belle assurance affichée en quittant la maison, j'étais loin d'être serein. Arrivé sur le site de l'inauguration, ce fut carrément la panique. Je priai pour qu'on ne remarque pas mes doigts de pied. Mes vœux furent exaucés. Personne ne fit de réflexion ni de commentaire. Au contraire, chacun me manifesta sa cordiale sympathie. J'eus droit à des poignées de main énergiques et moult bourrades dans le dos. Même mon bref discours eut l'heur de plaire.

Concernant la cache d'armes, je filai bien sûr la métaphore de la mémoire et des mystères cachés dans les méandres de l'âme humaine. Et en bon écrivain qui se respecte, je brodai sur ce qui se trouvait à la surface et au-dessous, le visible et l'invisible, de là aux bonnes vieilles formules telles que « l'imaginaire et le réel », « le rapport entre la vérité et la fiction en littérature », aux poncifs les plus éculés dont usent les auteurs pour vendre leur marchandise, il n'y avait qu'un pas.

À la fin de mon speech, alors que, soulagé, je quittais la petite estrade, la fille des propriétaires s'avança pour me demander si elle pouvait me dire deux mots en privé. Elle me remercia pour mon discours qu'elle avait trouvé très bon. Oh, et elle aimerait savoir quel vernis à ongles j'utilisais pour les pieds, ajouta-t-elle presque incidemment. Elle aimait beaucoup cette nuance de rouge, de même que les deux amies qui l'accompagnaient et l'avaient envoyée sonder le terrain.

Je piquai un fard. Elle n'était pas choquée, au contraire, se dépêcha de souligner ma jeune interlocutrice. À son avis, j'avais comblé un manque et cela lui semblait de bon augure. Seulement, l'unanimité était loin de régner et ma prestation suscitait quelques réserves au sein du public.

« Je pensais qu'on n'avait rien remarqué, objectai-je.

— Rien remarqué ? Tout le monde en a fait des gorges chaudes ! Au fond, cela n'a surpris personne : “Que voulez-vous, il ressemble à Tonia. Elle était aussi folle que lui. C'est de famille.” »

2

Tonia, ma grand-mère maternelle, n'était à mon sens absolument pas folle. C'était une originale. Une femme singulière. Un sacré numéro, comme on dit. Pas facile non plus, ce qui est un doux euphémisme. Mais folle ? Non. Même si, sur ce sujet comme sur beaucoup d'autres, tout le monde ne partage pas mon point de vue, ni au village ni dans la famille.

L'histoire que je m'en vais raconter est celle de ma grand-mère et de son *svieeper* — comme nous appelions l'aspirateur envoyé par Yeshayahou, le frère aîné de grand-père Aharon, son mari. Je précise d'emblée que je connais la différence entre sweeper et aspirateur, mais c'était ainsi que grand-mère Tonia désignait cet appareil, si bien que l'usage est resté. C'est d'ailleurs toujours le nom que nous lui donnons et que nous prononçons *svieeperrr* en imitant son accent russe à couper au couteau.

Quant à l'oncle Yeshayahou, je ne l'ai pas connu, mais d'après les anecdotes entendues à son sujet quand j'étais petit, c'était un sacré numéro, voire dangereux et pervers. À l'époque de la deuxième immigration, avant la Première Guerre mondiale, alors que les pionniers juifs asséchaient les marais et travaillaient la terre, l'oncle choisit d'émigrer en Amérique où il fit surgir Los Angeles du désert. Et pour ne rien arranger, il se fit appeler Sam, se lança dans les affaires et s'enrichit sur le dos du prolétariat.

Les deux frères, issus d'une famille strictement orthodoxe, s'étaient chacun éloigné du judaïsme. Mais tandis que grand-père Aharon s'engageait corps et âme dans un autre credo, le sionisme socialiste, son aîné adoptait le système capitaliste américain. Aharon ne le lui pardonna jamais, l'accusant même de double traîtrise — de n'être ni sioniste ni socialiste.

Concernant le *sweeper*, au dire de ma mère, qui n'en revenait toujours pas, c'était un gros aspirateur General Electric, comme on n'en avait jamais vu et que l'on ne verrait plus au village, dans la vallée de Jezréel, ni dans toute la Palestine d'alors. Il possédait un énorme chariot en chrome brillant monté sur de larges roulettes en caoutchouc insonores, un moteur électrique et un épais tuyau flexible. Pourtant, sauf le respect et l'affection que je lui dois, et même s'il est le héros de mon récit, je tiens à préciser d'entrée de jeu que l'anecdote n'a pas laissé un souvenir impérissable dans la famille. On a beau aborder le sujet, il ne s'agit pas pour autant d'un hymne à l'amour, ni à la mort, bien que nombre de protagonistes aient passé l'arme à gauche, ni d'un conte plein de trahison et de vengeance, encore qu'il y soit fait allusion. Et contrairement aux autres chroniques familiales, l'épisode n'est pas lugubre, même s'il comporte son lot de souffrances.

En somme, ce n'est pas une de ces histoires qui nous accompagnent à longueur de journée, du lever au coucher, mais une narration que l'on se plaît à relater pour la transmettre aux générations n'ayant pas connu grand-père Aharon, le sweeper offert par son beau-frère à grand-mère Tonia, ni Tonia elle-même.

Je rédigerai peut-être un jour la saga de notre grande famille dans un autre livre. J'évoquerai mes parents, mes grands-parents, les galères qu'ils vécurent, les combats qu'ils livrèrent. Je dépeindrai le dur labeur physique auquel ils s'astreignirent, ainsi que les incurables chagrins qu'ils gardèrent au fond du cœur. Je prendrai ma plume afin de décrire les duels amoureux, les conflits idéologiques, les championnats de la douleur, les luttes pour contrôler les puits de la mémoire. J'énumérerai les fous notoires et les autres, ceux qui se cachent et ceux qui s'exhibent. Sans oublier la fille enlevée et les fils spoliés — tout cela, mesdames et messieurs, faisant partie intégrante de la révolution sioniste.

Quoi qu'il en soit, ce ne sera pas pour aujourd'hui ni pour demain ni dans les prochaines années. Je m'y attellerai quand je serai plus mûr et réfléchi, plus téméraire et indulgent. Je ne suis d'ailleurs pas certain de tenir cette promesse. En attendant, dans ce court récit, je m'en tiendrai à ma grand-mère Tonia et à son sweeper, expédié des États-Unis par l'oncle Yeshayahou.

L'histoire, je l'ai dit, est véridique, de même que les personnages et leurs noms respectifs. Mais comme nos souvenirs de famille, elle comporte plusieurs versions, incluant quelques enjolivements, ajouts, suppressions et autres fioritures. Encore une chose, une manière d'explication en guise de préambule : ici ou là, je ferai une brève digression — point de repère nécessaire pour l'intelligence du propos. J'exhumerai tel ou tel fait du passé, des images d'outre-tombe. De temps à autre, faut-il le préciser, à l'hilarité succéderont les clameurs et l'on passera sans transition du rire aux larmes.

3

Mon grand-père maternel, Aharon Ben-Barak, naquit en 1890 et grandit à Makarov, une bourgade d'Ukraine. À dix-neuf ans, il émigra en Palestine et, comme beaucoup de ses camarades, les pionniers de la deuxième *aliyah*, il sillonna le pays et trouva à s'employer ici et là : à Zikhron Ya'acov, Houlda, Ben Shemen, Kefar Uriya, Be'er Ya'acov — que lui et grand-mère Tonia prononçaient « Beryacov » — et dans plusieurs autres fermes et implantations. Observateur, doué de sensibilité, du sens de l'humour et d'un certain talent d'écriture, il relata ses pérégrinations dans différents articles et chroniques publiés dans *Hapoël Hatsaïr*, le journal des jeunes travailleurs.

Sa première épouse, Shoshana Pekker, originaire de Rokitno en Ukraine, lui donna deux fils : mon grand-oncle Itamar, et Binyamin, surnommé Binya. En 1920, Shoshana mourut, très jeune, de la malaria. Le reste de la famille débarqua trois ans plus tard : Ya'acov, le demi-frère de Shoshana, sa demi-sœur Tonia et leur mère Batya. Le père,

Mordechaï Tsvi, arrivé plus tôt, était décédé. Les deux frères aînés de Tonia, Moshe et Yitzhak, étaient établis en Palestine depuis un certain temps déjà.

Aharon Ben-Barak, veuf et père de deux petits enfants, épousa en secondes noces Tonia Pekker, une jeune fille de dix-huit printemps. Des années plus tard, quand je fus assez grand pour comprendre, grand-mère Tonia ne cessait de déverser son fiel et de me rebattre les oreilles avec sa propre version de leur mariage : « Alors voilà… j'étais jeune et naïve, il était mon aîné de quatorze ans, plus expérimenté, il m'avait fait des promesses, raconté des histoires, et alors c'est arrivé… »

Nahalal, 1925. En haut : (de droite à gauche) oncle Moshe, oncle Ya'acov, grand-père Aharon, mon cousin Matityahou, oncle Yitzhak. Assis : Itamar, la Haïa de Moshe et leur fils, Oded, grand-mère Tonia avec Micha, Binya.

Elle commençait toujours ses récits par : « Alors voilà... », avec son fort accent russe. Ses enfants — ma mère, ses frères et sœur — l'imitaient chaque fois qu'ils racontaient une histoire. Et ils ne sont pas les seuls. Aujourd'hui encore, nous usons tous de ce préliminaire avec la même inflexion de voix pour dire « c'est la pure vérité ». Pour ma part, je me bornerai aux faits bruts.

On prétend que grand-père Aharon avait eu le coup de foudre pour grand-mère Tonia à sa descente de bateau. Il se murmure aussi que, comme dans un roman russe, il avait menacé de se tuer si elle résistait à ses avances. Grand-mère elle-même l'affirmait, ajoutant que grand-père avait même prévenu qu'il se jetterait dans le Jourdain. Pourquoi la noyade ? Parce que la pendaison ne collait pas avec ce genre de suicide. Les somnifères et les gratte-ciel n'étaient pas encore d'actualité. Quant aux pistolets (qu'ils prononçaient *pistaliettes*), il n'était pas facile de s'en procurer, d'autant que les munitions étaient une denrée rare et chère ; gaspiller une balle pour se donner la mort était donc une preuve d'égoïsme, moralement condamnable. Et puis le Jourdain, c'était poétique, romantique, nimbé d'une aura particulière, même s'il n'était peut-être pas aussi large que les fleuves auxquels ils étaient habitués en Russie. En plus, il avait l'avantage de la proximité — « en Terre d'Israël, tout est proche », m'avait déclaré grand-père Aharon des années plus tard, au cours d'une conversation où il avait réfuté en bloc les dires de grand-mère.

Une autre opinion voulait qu'Aharon ait jeté son dévolu sur Tonia pour une raison plus prosaïque : il espérait qu'elle élèverait les deux petits orphelins laissés par sa sœur. Ses attentes furent déçues ; les rapports qu'entretint grand-mère Tonia avec les enfants de Shoshana furent toujours une plaie ouverte dans notre famille. Il faut d'ailleurs signaler que Shoshana et Tonia étaient demi-sœurs et n'avaient pas la même mère ; pour certains, après deux générations de remariages et d'enfants issus de mères différentes, la chose est bien plus complexe que le tableau que je me suis efforcé de brosser jusqu'ici.

En résumé, grand-père était un pionnier de la deuxième *aliyah*, alors que grand-mère était arrivée avec la troisième, au début des années 1920. Aharon comptait au nombre des « fondateurs de Nahalal », et Tonia parmi les « anciens de Nahalal ». En dépit de ces nuances, auxquelles on attachait une très grande importance dans les mochavim et les kibboutzim de la première époque, ils se débrouillèrent pour avoir cinq rejetons : Micha, Batya — ma mère — Menahem et Batsheva, les jumeaux, et enfin Yaïr, le fils de leur vieillesse. Tous les cinq possédaient un vrai talent de conteur, l'essentiel de leur vaste répertoire tournant autour de grand-mère.

Elle venait de Russie, me raconta ma mère. Imagine une jeune fille avec des nattes, un uniforme de collégienne, buvant son thé en levant le petit doigt, comme ceci, se retrouvant catapultée dans la vallée, la poussière, la saleté, la boue, les durs travaux…

Ma mère cherchait à comprendre, expliquer, voire pardonner, me semblait-il : « En débarquant ici, Tonia découvrit que les biens promis à son père étaient pure invention, et que grand-père Aharon, malgré ses réelles qualités, n'était qu'un pauvre cultivateur. Très vite, son horizon se résuma aux corvées et aux privations. Pourtant, elle ne retourna pas en Russie, n'émigra pas aux États-Unis et ne s'installa pas non plus à Tel Aviv. Elle ne nous a pas rendu la vie facile, c'est vrai, mais nous devons la remercier car, sans elle, cette ferme n'existerait pas. »

Il faut préciser que grand-père Aharon s'intéressait à bien d'autres choses que l'agriculture. Il collaborait à l'occasion au *Jeune Travailleur*, je l'ai déjà signalé, et, à Nahalal, il rédigeait et publiait une feuille de chou satirique locale, *Le Moustique*. Le rituel qu'il organisait pour le premier soir de la Pâque était réputé à des kilomètres à la ronde. Une fois le *seder* fêté en famille, tout le monde se réunissait à la maison communautaire où il procédait à une célébration non conformiste pour laquelle il composait des adaptations drolatiques de la *Haggadah*, fondées sur des personnages réels et des incidents survenus au village et au parti.

Le lendemain matin, il fallait pourtant bien se lever, labourer, traire, ensemencer, faucher. Quand le fardeau devenait insupportable, il s'éclipsait en prétextant une migraine. « Le voilà qui s'est encore sauvé », disait grand-mère Tonia en se lançant à sa poursuite pour le ramener au bercail.

« C'était tragique pour lui comme pour elle, commenta ma mère. Mon père aurait dû vivre autre part, une existence plus conforme à sa personnalité et à ses compétences. Mais ma grand-mère était résolue à se battre bec et ongles pour la ferme, et ses ongles, elle les planta dans la terre, la maison et notre chair, à nous et à lui. À chacun ses ennemis, le sien, c'était la saleté. »

4

Les fondateurs de Nahalal habitèrent des tentes, puis des baraquements — les premiers bâtiments en dur étant destinés aux animaux. Il fallut attendre 1936, quinze ans après la fondation du village, pour que les fermiers puissent enfin disposer de bungalows raccordés au réseau électrique. Ce fait a son importance puisque le héros de l'histoire — de n'importe laquelle d'ailleurs — doit pouvoir agir sans entrave. Or le principal protagoniste est un appareil électroménager, en l'occurrence un aspirateur.

Chaque famille pendit la crémaillère comme elle l'entendait. Pour les autres, je ne sais pas, mais grand-mère Tonia, elle, se livra à un petit cérémonial dont la signification et la portée échappèrent à la plupart des gens : elle entortilla la poignée de la porte d'entrée dans un petit chiffon. La maison était neuve et toute propre, expliqua-t-elle, la poignée brillait comme de l'or, et donc le linge était destiné à la soustraire aux taches et à la saleté.

Tout le monde éclata de rire, mais quelques

jours plus tard, il apparut que ce chiffon apparemment innocent était lui aussi un pionnier à sa façon. D'autres surgirent sur chaque bouton de porte, sur les poignées des tiroirs, des armoires, aux fenêtres, où ils demeurèrent jusqu'à la fin — y compris la sienne propre.

Un autre chiffon pendouillait en permanence sur l'épaule gauche de grand-mère Tonia. Plus grand que ses semblables suspendus aux poignées, il était imbu de son importance et de sa supériorité. Une sorte de gardien qui l'accompagnait partout, prêt pour une intervention immédiate — effacer une salissure qui lui avait échappé, par exemple, frotter un quelconque ustensile ou s'essuyer les mains pour ne pas souiller tel meuble ou objet dépourvu de sa gaine protectrice.

Moi qui suis né environ douze ans plus tard, je me souviens très bien du linge vissé sur son épaule, ainsi que de ses congénères déployés aux poignées, tels de petits étendards les préservant des traces de doigts. En ce temps-là, on portait aux nues les maçons, les ouvriers, les sentinelles, et surtout les fermiers, qui plantaient, fauchaient, trayaient, récoltaient. Grand-mère Tonia ne rechignait pas à la tâche, mais elle était aussi pourvue d'un solide bon sens : malgré son profond respect pour le travail de la terre, pour l'œuvre des pionniers en particulier, elle n'était pas sans savoir que les mains d'un paysan étaient noires de crasse, maculées de boue, poussière, bouse de vache, d'excréments de volaille, du goudron dont on badigeonnait les troncs d'arbres, de graisse de moteur… Bref, toutes sortes d'horreurs irrésistiblement attirées par les lieux reluisants de propreté. Même des mains bien lavées laissaient des taches ou, pire, des traces.

La maison se composait alors de trois chambres, une cuisine, une salle de bains et deux entrées, l'une donnant sur la rue, l'autre sur une arrière-cour. Là, on avait coulé une grande dalle de béton appelée « la plate-forme », où la famille passait le plus clair de son temps. C'était avant ma naissance, et je ne pouvais réfréner une pointe d'envie chaque fois que j'en entendais parler. On y épluchait le maïs et les pommes de terre, on plumait et on découpait les pigeons et les poulets, on pétrissait la pâte, en attendant qu'elle lève, on racontait des histoires, on préparait des conserves de cornichons ou de fruits, et des confitures. C'est encore là que l'oncle Yitzhak, le frère de grand-mère Tonia, démonta l'aspirateur envoyé par l'oncle Yeshayahou pour voir ce qu'il avait dans le ventre et découvrir ses secrets honteux. Mais chaque chose en son temps…

On confectionnait les confitures dans un grand chaudron de cuivre qui circulait de maison en maison. Chez nous, on allumait le feu à l'ombre du grenadier, près de la plate-forme, et on les gardait très longtemps dans des bocaux hermétiques. Un jour, quelques années après la mort de grand-mère, j'en dénichai un dans la cabane du jardin et l'ouvris à l'aide d'un décapsuleur. Un petit nuage s'en échappa. Et comme toujours dans ces cas-là, j'eus les larmes aux yeux.

Quinze ans environ après sa construction, le pavillon fut agrandi et rénové, la vieille cuisine transformée en salon et on en aménagea une nouvelle sur la plate-forme, flanquée d'une véranda. On installa aussi une salle d'eau et des toilettes. C'est cet agencement que je me rappelle, intérieur comme extérieur, ainsi que le soin maniaque avec lequel grand-mère entretenait son foyer.

D'abord, elle exigeait qu'on entre par la porte de derrière, jamais par celle de devant qui ouvrait sur l'espace réservé et interdit. « Faites le tour ! » s'égosillait-elle quand on frappait. Le visiteur devait donc contourner la maison — sans quitter l'allée pavée pour ne pas répandre de la boue ou de la poussière — et, parvenu sous la véranda, il découvrait que l'entrée était réservée à quelques invités triés sur le volet.

Grand-mère Tonia était d'un caractère sociable, mais elle pratiquait l'hospitalité à sa façon. Pas question d'introduire ses hôtes chez elle ! Elle préférait recevoir dehors. Elle apportait du thé, des biscuits à la confiture et des fruits aux visiteurs installés sous la véranda. Ils devaient se demander ce qu'elle gardait là comme la prunelle de ses yeux. En tout cas, les rares privilégiés admis à entrer ne découvraient qu'un modeste intérieur : une petite cuisine à droite, une douche et des W.-C. au fond d'un couloir, une « salle à manger » à gauche. J'ai mis la salle à manger entre guillemets car elle n'en avait que le nom. On ne l'utilisait qu'une fois l'an, le soir du *seder*. On y dormait, le reste du temps, et on prenait les repas sous la véranda ou dans la cuisine.

Un petit corridor menait de la salle à manger à l'aile ancienne, là où la famille avait emménagé après les années passées dans le baraquement, me raconta ma mère, les yeux brillants. La maisonnée était en effervescence, pleine de chansons et de gaieté. Quand les enfants eurent grandi et quitté le nid, cette partie fut définitivement condamnée, avec défense absolue d'y mettre les pieds. Il y avait une chambre réservée aux hôtes de marque, et deux autres pièces interdites au genre humain tout entier, la famille et les « parents de sang » inclus. Grand-mère Tonia établissait un distinguo entre les parents de sang et les autres, mais c'est une autre histoire qui n'a rien à voir avec celle que je m'évertue à raconter — celle de l'aspirateur que l'oncle Yeshayahou lui avait envoyé des États-Unis.

C'était dans ces deux pièces verrouillées qu'elle entreposait son « mobilier ». Ne vous attendez pas à de l'acajou ou de l'ébène, des commodes et autres dessertes. Il y avait une armoire toute simple que je résisterai à la tentation d'appeler « l'arche sainte », un canapé, deux petits fauteuils jamais utilisés, un buffet dont les tiroirs et les portes jamais ouverts contenaient des couverts n'ayant jamais vu une table ni un seul convive. Quand j'étais petit, je soupçonnais cette ménagère de n'exister que dans l'esprit de ma mère et de sa sœur Batsheva. Étant donné que, chez nous, la mémoire et l'imagination signifient exactement la même chose, je doutais fort de son existence. Or il se trouve qu'après la mort de grand-mère Tonia, je l'ai vue de mes yeux.

La chambre voisine contenait un grand lit aux montants en métal marron foncé imitation bois. Par le passé, c'était celui de mes grands-parents, mais aujourd'hui, plus personne n'y couchait. Il n'éprouverait jamais plus le poids et la chaleur d'un corps humain, l'agitation de l'insomniaque, les tressaillements du rêveur, les trémoussements des amants — « le lit connaissait l'amour quand amour il y avait », assena judicieusement un jour l'une de nos parentes — ni le contact d'une couverture et d'un drap, à l'exception de celui dont il était recouvert pour le protéger de la poussière.

Les mêmes vieux suaires enveloppaient ses compagnons de captivité — les fauteuils, les chaises, le divan, la table, l'armoire et le buffet. Nul ne s'en servait et n'y jetait jamais les yeux, sauf grand-mère qui venait y « passer un chiffon » et s'assurer qu'entre-temps ils ne s'étaient pas tachés ou enfuis. Chaque année, à l'occasion du *seder*, on transférait les chaises dans la salle à manger, ce qui me permit de m'introduire à mon tour dans le saint des saints l'année de mes huit ans, ayant été jugé suffisamment mûr et responsable pour aider aux préparatifs de la fête.

Je m'en souviens comme si c'était hier. Je me tenais derrière grand-mère, surexcité et dévoré de curiosité. Elle tourna la clé dans la serrure et ouvrit la porte. « Tu peux entrer, mais ne touche à rien », déclara-t-elle.

Je pénétrai pour la première fois dans les pièces interdites. En écrivant ces mots, je me rappelle la dernière fois que je m'y suis rendu, quelque trente ans plus tard, au retour du cimetière où nous l'avions enterrée. Mais revenons-en au jour où elle déverrouilla la porte avec la clé qu'elle tira de sa poche.

Le silence m'accueillit — glacé, sombre et limpide à la fois. L'air confiné ruisselait, telle de l'eau sur ma peau. Les fenêtres, de même que les volets, étaient hermétiquement closes. Les chiffons protégeant les poignées tombaient en lambeaux, à croire qu'ils étaient faits de dentelle. Tout était d'une blancheur immaculée, ouatée, éthérée, si nette que les deux rayons de soleil qui filtraient par les persiennes, ne pouvant s'accrocher aux grains de poussière comme partout ailleurs, le matin, dessinaient deux taches de lumière tremblotante sur le mur.

Grand-mère Tonia ôta le drap de l'une des chaises, dans un coin de la pièce. Celle-ci cligna de ses yeux de bois, éblouie par la clarté du jour.

« Tu peux la transporter dans la salle à manger ? demanda-t-elle.

— Oui.

— Tout seul ?

— Oui.

— Soulève-la. Ne va pas me la traîner sur le parterre tout propre, et ne me racle pas les murs, surtout ! »

Outre la richesse imagée de sa langue, sans parler de son accent, l'hébreu de mon aïeule possédait une autre caractéristique — tous les verbes se rapportaient à elle : on *lui* traînait les chaises sur le sol, on *lui* salissait les trottoirs, on *lui* raclait les murs. « Racler » fait partie du lexique, encore usité, des expressions idiomatiques familiales. Il dérive de *kratz*, « gratter » en yiddish, que nous employions seulement dans le sens d'érafler un mur.

Une langue doit rendre compte de plusieurs univers : le monde réel dans lequel elle interagit, les mondes effrayants, merveilleux et imaginaires où ses locuteurs aimeraient ou n'aimeraient pas vivre. Dans la réalité de cette époque, on enduisait généralement les murs des couloirs, de la salle à manger et de la cuisine d'une peinture à l'huile lessivable sur près d'un mètre cinquante de hauteur. Grand-mère Tonia prenait au pied de la lettre le commandement de laver les cloisons qu'elle accomplissait au quotidien. À ses yeux, une éraflure au mur était un dégât si grave qu'elle se devait de l'appeler par son nom : *kratz*.

Je lui transportai donc la chaise, en faisant bien attention de ne pas lui racler les murs, et la déposai dans la salle à manger. Elle promena un regard alentour, honteuse de sa nudité, gênée par sa liberté toute neuve et la trop vive lumière, trop près des simples chaises venues de la véranda et de la cuisine. Habituées au grand jour, aux regards et aux contacts, ces dernières colportaient joyeusement des commérages à propos de tel ou tel postérieur de rencontre, selon ma mère en tout cas. L'autre chaise, en revanche, savourait avec délices cette escapade, même si elle la savait de courte durée — une seule soirée où elle ferait connaissance d'un unique postérieur. Après quoi, dûment brossée, nettoyée à l'eau savonneuse, rincée et séchée, recouverte de son vieux drap, elle regagnerait sa cellule jusqu'à la prochaine Pâque, la fête de la liberté.

5

Il y avait deux salles de bains chez grand-mère Tonia, je l'ai mentionné, l'ancienne et la nouvelle. L'une comportait une douche et l'autre une vraie baignoire qu'utilisaient les enfants à l'époque où ils vivaient encore à la maison. Après leur départ, on la boucla pour toujours.

D'après ma mère, les salles de bains étaient traîtres et très dangereuses. En effet, ces pièces destinées à l'hygiène avaient une étrange propension à la saleté : le carrelage, le parquet, les robinets, les appareils divers et variés. Pas besoin d'être grand clerc pour comprendre qu'il faut être sale pour se doucher, sinon, ce serait inutile ! Or qui entre dans la douche y abandonne les salissures dont il veut débarrasser son corps. Le sol propre est inondé d'eau souillée, des traces de doigt maculent les carreaux brillants et il y a des taches partout.

L'hiver, on se lavait dans la maison, l'été, à l'extérieur — les adultes sous une « douche excellente », pour citer grand-mère Tonia — une sorte de tuyau fixé au mur de l'étable. Les enfants se baignaient dans l'abreuvoir, mais j'en reparlerai. Au fil des ans, les conditions sanitaires s'améliorèrent. On aménagea une buanderie à côté de l'éleveuse des poussins. L'eau chaude provenait d'une énorme chaudière à cheminée. Au début, on l'alimentait avec des branchages et des épis de maïs séchés, ensuite on installa un système de goutte-à-goutte au mazout. Je me rappelle encore le bruit qu'elle produisait en brûlant — une sorte de grondement sourd et mystérieux, à la fois agréable et terrifiant pour l'enfant que j'étais.

Chez grand-mère Tonia comme partout ailleurs il y avait un réduit appelé « cabinets », lesquels n'étaient pas forcément prévus pour se soulager. L'une des versions de la première visite de mon père à Nahalal, à l'époque où il courtisait ma mère, rapporte qu'il s'y rendit en toute innocence et trouva les lieux dans un remarquable état de propreté. Le couvercle était baissé et recouvert d'un journal, sur lequel était posée une planche, protégée par une autre feuille de papier supportant un moule où refroidissait un cake aux prunes.

Ici, il faut mentionner deux points. Primo, grand-mère Tonia était une magicienne des prunes — son gâteau et sa confiture étaient de véritables chefs-d'œuvre. Secundo, au village, on appelait mon père « tiligent » ou « tilignat », terme désignant les intellos binoclards des villes qui lisaient et écrivaient des livres au lieu de travailler. Ce qui n'empêchait pas certains tiligents ou tilignats d'avoir l'esprit vif. Ayant donc compris que les toilettes de sa future belle-mère n'étaient pas destinées à leur usage courant, mon père se ravisa et avala la moitié du gâteau avant de ressortir comme si de rien n'était. Inutile de dire que l'incident n'améliora guère leurs relations, mais c'est une autre histoire.

J'eus moi aussi maille à partir avec les toilettes. Un jour que j'étais en visite chez elle — j'avais quatre ou cinq ans — grand-mère Tonia m'intercepta à la porte des W.-C. et voulut savoir où je me rendais.

Je désignai la porte close.

« Là, dis-je, sans bien comprendre le problème.

— Les petits ou les gros besoins ?

— Les petits. »

Elle soupira de soulagement.

Cela, je pouvais le faire dehors, dit-elle. Là-dessus, elle me guida gentiment mais fermement dans la cour — grand-mère était menue mais très robuste. Les anciens cabinets près de l'étable étaient toujours en service depuis l'époque où ils habitaient la baraque en bois, m'expliqua-t-elle. Et si je voulais, je pouvais aussi utiliser la fosse à purin, ou arroser le citrus que grand-père avait planté et greffé, et dont je reparlerai une autre fois.

« N'y va pas les mains vides, enchaîna-t-elle en me tendant un petit sac d'ordures. Profites-en pour jeter ça sur le tas de fumier. »

Ayant une sainte horreur de la saleté, à l'intérieur comme à l'extérieur, même dans la poubelle pourtant destinée à cet effet, elle chargeait quiconque se rendait dans la cour de déchets, enveloppés dans un journal ou dans un sachet en papier de l'épicerie. « Tant que tu y es, va me chercher des œufs au poulailler », ajoutait-elle généralement.

« N'y va pas les mains vides » et « tant que tu y es » comptaient parmi ses antiennes favorites. En d'autres termes : « Ne t'avise pas de te promener le nez au vent, baguenauder dans les champs en admirant la vue. Ici, à la ferme, il y a du pain sur la planche, quelque chose à porter, chercher, emmener, rapporter, jeter. »

Je *lui* ai donc pris le sac d'ordures, que je suis allé *lui* jeter au fond de la cour, sans oublier au passage de *lui* arroser le citrus de grand-père. Dans l'intervalle, elle fonça aux cabinets pour inspecter la poignée que j'avais touchée. Elle l'essuya avec son grand chiffon d'épaule, replaça le manchon de protection et referma la porte.

Sa syntaxe et sa maison se mêlent dans ma mémoire. Les verbes personnalisés, la porte de derrière, la véranda avec le banc qui courait tout autour, la cuisine, la salle de bains, la peinture à l'huile du couloir, les pièces fermées à clé. J'avais questionné ma mère pour savoir ce qu'il y avait derrière les portes closes aux poignées emmaillotées. « Ici, c'est la salle d'eau où on ne doit pas se doucher, expliqua-t-elle. Là, les W.-C. qu'il est défendu d'utiliser, là-bas, les chambres où il est interdit de coucher. Et c'est ici qu'elle range son sweeper, l'aspirateur », acheva-t-elle devant l'ancienne salle de bains avec la vraie baignoire, le saint des saints, le sanctuaire.

« Le sweeper ? » répétai-je, tout excité, car ma mère articulait ce mot comme grand-mère, *sviee-*

perrr — avec le *w* prononcé *v*, le double *e* et le claquement de langue contre le palais pour rouler le *r* final.

Cette parfaite imitation annonçait de grandes réjouissances : une histoire se cachait là-dessous. Pas l'une de ses vieilles rengaines qu'elle-même ou l'un de ses frères et sœur me rabâchaient à propos de chevaux qui caracolaient, d'ânes volants, du grand-père des voisins, si minuscule qu'il chevauchait des lièvres, la nuit, mais un récit fantastique où il était question d'une mystérieuse créature, appelée sweeper, enfermée dans la salle de bains interdite de grand-mère, là, derrière la porte verrouillée.

« Raconte !

— Le sweeper ? C'est un simple aspirateur, que veux-tu que je te dise ?

— Raconte, raconte, s'il te plaît.

— C'est l'aspirateur que l'oncle Yeshayahou lui a envoyé d'Amérique.

— D'Amérique ? » répétai-je, sidéré.

Les histoires familiales ne mentionnaient pas souvent l'Amérique.

« Absolument. De Los Angeles, Californie, États-Unis. »

J'inspirai à fond. Tant de noms ronflants, défendus, fascinants dans une seule phrase !

6

Une autre longue inspiration. Pas seulement dans le temps, quand ma mère mentionna l'« Amérique » pour la première fois, ni dans l'espace, à Nahalal, où ce mot paraissait totalement incongru, mais ici et maintenant, au moment où j'écris ces lignes, des années plus tard.

L'Amérique d'antan, dans le village de mon enfance, était un monde fantasmatique et hostile à la fois. Les plus gros tracteurs, les moissonneuses les plus performantes en provenaient. De même que les clés à tuyau Ridgid, « les meilleures du monde, garanties à vie », s'enthousiasmaient mes oncles Menahem et Yaïr, la Jeep, ce formidable engin tout-terrain, le Tommy Gun, cette puissante mitraillette sur laquelle mes oncles Itamar et Micha, qui avaient fait la guerre d'Indépendance, ne tarissaient pas d'éloges.

En plus, les colons du Far West étaient des pionniers, à l'égal de nos grands-parents. C'est à l'Amérique que l'on doit le 1er mai, la fête du Travail. Nombre de soldats qui se battirent contre les nazis étaient américains. À l'instar de Luther Burbank, le célèbre horticulteur, créateur de la prune Santa Rosa et de la pomme de terre obtenue par semis. Son autobiographie, *Les moissons de ma vie*, était largement diffusée dans les communautés rurales de l'époque, et en outre, curieuse coïncidence, il vivait en Californie, où l'oncle Yeshayahou avait choisi d'émigrer plutôt qu'en Terre d'Israël, avait créé un « business » et se faisait appeler Sam.

Le capitalisme était né en Amérique, ainsi que l'hédonisme, le nihilisme, le dandysme, le maquillage, le luxe, la musique qu'écoutait mon jeune oncle Yaïr au grand dam de son père. Bref, le pays qui avait donné à l'humanité la moissonneuse-batteuse, le maïs et l'attelage trois-points des tracteurs — un bras supérieur fixé à l'arrière et deux bras de levage extérieurs hydrauliques — pouvait-il être foncièrement décadent et immoral ?

L'Amérique ignorait sans doute que, dans mon jeune âge, en sus de l'Union soviétique, l'Allemagne de l'Est et la Corée du Nord, elle avait un autre ennemi. Oh, pas très puissant ni spécialement dangereux, à vrai dire, mais virulent, acharné et moralisateur : une poignée de mochavim et de kibboutzim — le courant pionnier en Terre d'Israël.

Cette animosité perdura si longtemps que même moi, issu de la deuxième génération après l'édification de notre communauté, j'en ai été le témoin. Un jour, au début des années soixante, Israël

Gourion et Benny Amdursky, qui formaient le duo Hadudaïm — « Les Mandragores » — se produisirent à Nahalal. Ils débutèrent leur spectacle par du folklore hébraïque, puis des ballades russes suivies, pour finir, d'une chanson américaine. Une bonne vieille mélodie populaire des Weavers, ou de Pete Seeger, si je ne me trompe. Ici, c'était un crime épouvantable. Une chanson américaine ? Qui plus est en anglais ? Deux anciens bondirent sur leurs pieds en hurlant : « On ne veut pas de ça chez nous, à Nahalal ! », interrompant le spectacle.

Quant au vernis à ongles du début de l'histoire, c'était une invention américaine diabolique, l'abomination de l'abomination s'infiltrant par les illustrations des journaux, les lettres ou les photographies expédiées par la famille, le cinéma, les échos qui nous parvenaient de là-bas. La « manucure » avait corrompu bien des âmes dans des lieux de perdition comme Tel Aviv, et fait des victimes jusque chez nous, en dépit des efforts de la génération des fondateurs. Voilà comment elle entra dans notre lexique des expressions idiomatiques, puis dans le vocabulaire du village, et de toute la vallée de Jezréel ensuite.

« On dit qu'elle se fait même une manucure. » Cette expression encore usitée aujourd'hui exprime le summum de l'abjection, une décadence tant idéologique que spirituelle. Elle procédait d'une conversation au cours d'un dîner familial. Quelqu'un du village « a vendu des melons à un négociant qui passait par là », déclara l'un des convives. En d'autres termes, cette personne avait transgressé les principes du mochav subordonnant les échanges commerciaux aux institutions officielles. À l'époque, cela représentait une faute morale si grave qu'un autre convive s'empressa d'ajouter : « Et en plus, sa femme fricote avec un type de Ramat David », pas du kibboutz d'à côté, heureusement, mais de la base aérienne voisine.

Une fois établi qu'il s'agissait de gens profondément malhonnêtes ayant enfreint le règlement du mochav, comme le code moral de l'humanité tout entière, on porta le coup final, la phrase prouvant la pire dépravation où l'on puisse tomber : « Et elle se fait aussi une manucure, à ce qu'il paraît. »

Non que les méprisables cousins de la manucure — le rouge à lèvres, le mascara, la poudre et le fard à joues — aient été tolérés chez nous ; en aucun cas. Mais la manucure incarnait un symbole négatif, le pire de tous, car elle s'appliquait aux doigts, aux mains industrieuses vouées à labourer, bêcher, semer et construire. Les mains des pionniers que la révolution devait arracher à la plume, au commerce, à la casuistique talmudique pour les renvoyer aux outils et aux travaux des champs. Ces mains destinées à manier le sécateur ou le pis des vaches, attraper le manche de la faux et, le cas échéant, appuyer sur la détente, comment pouvaient-elles jouer les coquettes ? Des mains manucurées ne s'abaisseraient jamais à se salir à l'étable ou dans la terre, et ne risqueraient pas davantage de se casser les ongles en remplissant un chargeur. La seule chose qu'elles savaient faire était de se pomponner, se peinturlurer en rouge et s'exhiber avec ostentation.

Grand-père Aharon livrait une lutte sans merci contre la manucure. Et il menait aussi une croisade acharnée contre le chewing-gum, « la mastication inutile », disait-il, une autre importation américaine dégénérée qu'il mettait dans le même sac que les sucreries, les cravates, une course en taxi et autres luxes superflus, comme lui et ses amis surnommaient les divertissements bourgeois américains, et, plus généralement, n'importe quelle distraction autre que « des queues de hareng » — ainsi que grand-père désignait ce poisson — arrosées d'une bonne tasse de thé.

« Tu vas me faire le plaisir de me cracher ce *chinga* tout de suite ! » tempêtait-il en voyant l'un de ses petits-enfants mâchonner de la gomme. Il écorchait joyeusement ce mot, entendu dans la bouche des soldats britanniques cantonnés dans la région à l'époque mandataire. De temps à autre, à ce qu'on m'a raconté, ils se présentaient à la ferme pour acheter le délicieux fromage de grand-mère Tonia, déguster une pastèque qu'elle mettait à rafraîchir dans un sac humide, accroché à l'ombre d'un arbre et, surtout, contempler le spectacle d'une maisonnée peuplée d'enfants, d'un père et d'une mère, eux-mêmes se trouvant loin de leurs foyers. En remerciement, ils tiraient de leurs poches des paquets alléchants de chewing-gums, lesquels faisaient enrager grand-père Aharon.

Les fondateurs du mochav, dont ses camarades et lui, avaient l'habitude de retenir leurs pantalons par un bout de ficelle. L'hiver, ils se protégeaient la tête et les épaules de la pluie avec un sac de jute vide, dont les coins étaient repliés l'un dans l'autre à la manière d'un grand capuchon de moine. C'était aussi une façon d'afficher une sobriété toute prolétarienne, à la limite de l'ascèse.

Grand-mère Tonia ne dédaignait pas de se faire une beauté de temps en temps. Elle ne se manucurait pas ni ne se fardait les yeux, mais elle nouait un ruban dans ses cheveux, ou les attachait avec une barrette bourgeoise, ce qu'on lui reprochait en l'accusant de se faire remarquer sur ce plan-là aussi. C'était un esprit libre et elle s'en moquait. Et même ses tenues de travail se singularisaient : avec son foulard vissé sur la tête, son éternel chiffon à l'épaule et l'un des maillots de corps gris de grand-père Aharon qu'elle adoptait quand il faisait très chaud, l'été. Les jeunes filles d'aujourd'hui, qui affectionnent les débardeurs en croyant faire preuve d'originalité, ignorent que ma grand-mère inventa cette mode, il y a des années.

Quelle ne fut donc ma surprise quand maman m'apprit qu'un aspirateur américain se trouvait derrière la porte close de la salle de bains.

« Il vient vraiment d'Amérique ? » m'écriai-je en me demandant si, par hasard, outre l'aspirateur, des caisses du chewing-gum prohibé, de produits de maquillage et de disques de rock'n'roll ne se cachaient pas dans la salle de bains condamnée de grand-mère Tonia.

« C'est ton oncle Yeshayahou qui le lui a envoyé, déclara ma mère. Mais elle ne s'en est servi qu'une fois avant de l'enfermer ici.

— Pourquoi ?
— C'est une longue histoire.
— Et que s'est-il passé après ?
— Après quoi ?
— Après qu'elle l'a enfermé. Qu'est-il arrivé ensuite ?
— Ça aussi, c'est une longue histoire. Je te la raconterai un jour. En attendant, ne parle à personne de l'aspirateur en dehors de la famille. C'est un secret ! »

Je commençai à deviner ce que le lecteur ne tardera pas à comprendre à son tour : les cachotteries des autres, au village, consistaient en échecs cuisants, sombres vengeances, amours contrariées, internements psychiatriques, lâcheté au combat, infractions criminelles, grossesses hors mariage, luxe inutile, vente illicite de melons à des marchands de passage. Tandis que chez nous, ce genre de secrets réjouissants étaient très rares, si rares qu'ils ressemblaient à des figues séchant au soleil à la vue de tous. Notre grand mystère à nous était un aspirateur américain qu'un double traître, ni sioniste ni socialiste, avait expédié de Los Angeles, en Californie, à sa belle-sœur, établie dans le premier mochav fondé par les pionniers de la deuxième vague d'immigration en Terre d'Israël : le sweeper de grand-mère Tonia, condamné à la réclusion à perpétuité dans la salle de bains verrouillée à double tour et gardée par une épée flamboyante en forme de chiffon sur la poignée.

7

À l'époque, les enfants du village mettaient la main à la pâte et n'étaient pas exemptés des corvées les plus pénibles — l'étable, le verger, le potager, le poulailler, le travail de la terre. Les deux filles de grand-mère, Batya ma mère et ma tante Batsheva, étaient réduites à un double esclavage, car en plus elles étaient chargées des tâches domestiques. Grand-mère Tonia avait une manière bien à elle de prévenir toute velléité de rébellion ou de dérobade : « Je vais t'écorcher vive », menaçait-elle, expression encore en usage aujourd'hui.

Elle les réveillait à l'aube pour nettoyer la maison à fond avant l'école. Pour plus de sûreté, elle retardait la pendule de une heure, de sorte que ses filles arrivaient en retard, à neuf heures au lieu de huit, épuisées par leur dur labeur matinal.

Shmuel Pinneles, l'instituteur, convoqua grand-mère pour lui demander des explications.

Elle n'essaya même pas de nier.

« Elles m'aident au ménage. »

Grand-mère n'était pas la seule à garder ses

enfants à la maison pour donner un coup de main. L'instituteur se fâcha tout rouge.

« Elles doivent aller à l'école ! Arriver à l'heure et ne pas dormir en classe parce qu'elles sont trop fatiguées. »

Grand-mère bondit sur ses pieds et se redressa de toute sa petite taille pour signifier que chaque minute lui était comptée, le travail l'attendait, l'entretien était terminé. Là-dessus, elle tourna les talons et s'en alla. Pinneles soupira. Il était loin d'imaginer la suite.

Quelques semaines plus tard, un vendredi matin, deux heures avant la fin de la classe, on frappa à la porte. L'instituteur n'eut pas le temps de répondre « Entrez ! » qu'elle s'ouvrit sur grand-mère Tonia. Les enfants échangèrent des sourires entendus, tandis que ma mère se recroquevillait sur sa chaise.

Grand-mère Tonia et Batya, 1945.

« Bonjour ! » fit Pinneles. Que nous vaut l'honneur de votre visite, s'apprêtait-il à ajouter, mais elle ne lui en laissa pas le loisir.

« Nous sommes vendredi ! proclama-t-elle.

— Exact », répondit le maître, comme si elle avait trouvé la bonne réponse à la question qu'il venait de poser.

Les élèves, sauf ma mère, ricanèrent sous cape. On entendit même quelques rires étouffés.

« Il y a de la besogne aujourd'hui avant le shabbat.

— Ici aussi.

— Batya doit rentrer pour m'aider à la maison.

— La leçon n'est pas terminée. Elle partira à midi, à la fin des cours, comme les autres. »

Grand-mère s'avança dans la salle, promenant son regard du maître à sa fille. Ma mère rangea ses affaires dans sa sacoche en toile et se leva.

« Je dois y aller », annonça-t-elle au professeur. Elle ne lui demandait pas la permission, non, on aurait dit qu'elle énonçait un fait, expliquait l'ordonnancement de l'univers : le soleil se levait le matin, les fleuves se jetaient dans la mer, les étoiles suivaient leur orbite, et elle devait faire le ménage.

Pinneles soupira sans mot dire, comme lors de sa première entrevue avec grand-mère. Celle-ci sortit en laissant la porte ouverte que Batya referma derrière elle.

Marcha-t-elle à côté de sa mère, ou à distance ? Traînait-elle les pieds derrière elle ou la précédait-elle d'un pas furieux ? Et que lui dit-elle pendant le trajet ? Peut-être n'ouvrit-elle pas la bouche ? À moins qu'elle n'ait pris un autre chemin, refoulant ses larmes, le cœur gros de colère ? Je l'ignore. Ce n'est pas elle qui me parla de cet incident, mais Pnina Gary, sa meilleure amie, sa camarade de classe, comme on disait alors.

« Je n'ai jamais compris que Bassyalè se soit laissé faire sans réagir, me confia celle-ci. Ta mère avait pourtant la langue bien pendue, elle savait se défendre. »

Sans doute parce qu'elle avait honte, et aussi honte d'avoir honte, supposai-je, raison pour laquelle elle avait omis de me raconter l'irruption de grand-mère à l'école. Mais ce n'était pas tout. Nahalal jouissait d'un grand prestige parmi les pionniers de cette époque, sans parler de la haute opinion que ses membres avaient d'eux-mêmes. Et après avoir décrété qu'ils soutenaient avantageusement la comparaison avec Tel Aviv, Jérusalem, Kefar Yehoshua, le village voisin, et New York furent déchirés par d'âpres rivalités. Voilà pourquoi ne tenant pas à se disputer avec sa mère devant les autres, au risque d'alimenter les médisances et les calomnies, Batya préféra obéir docilement et rentrer faire le ménage.

Ce n'était pas une mince affaire ! Les deux sœurs secouaient les tapis, les couvertures et les couvre-lits — loin de la maison, bien entendu, pour éviter que la poussière n'entre par les fenêtres, ensuite elles lavaient les allées : l'une arrosait au tuyau les dalles de béton que l'autre frottait à la brosse de chiendent. Enfin, cerise sur le gâteau, elles s'attaquaient aux sols.

Je ne sais pas de quand date l'invention de ce merveilleux outil appelé « raclette ». Quoi qu'il en soit, grand-mère Tonia ne voulait pas en entendre parler, prétextant qu'elle laissait des traces par terre et ne nettoyait pas les plinthes et les recoins « comme il fallait » — bref, c'était bon pour les réfractaires et les paresseux, qui évitaient de se baisser pour voir la réalité en face et l'observer de près. Par conséquent, ma mère et sa sœur se pliaient en deux pour passer la serpillière tous les jours que Dieu faisait, et elles répétaient l'opération jusqu'à ce que grand-mère s'estime satisfaite du résultat.

« Et quand était-elle satisfaite ? questionnait maman, telle une conteuse aguerrie apostrophant son auditoire qui sait la suite.

— Oui, quand ? » répétai-je, en auditeur attentif, connaissant la réponse par cœur.

Grand-mère Tonia n'était satisfaite que quand l'eau de rinçage, épongée avec la serpillière puis recueillie dans le seau, était complètement propre. Pour s'en assurer, elle la scrutait « à la loupe » : elle en prélevait une petite quantité dans le creux de sa main et allait l'examiner à la lumière. Tant que l'eau n'était pas tout à fait claire, elle obligeait ses filles à recommencer, changer l'eau, passer la serpillière, l'essorer, encore et encore…

« C'était horrible, soupira ma mère. Mais tout le monde fait pareil aujourd'hui encore », ajouta-t-elle dans un éclat de rire.

« Tout le monde » englobait Batsheva, elle-même et ses belles-sœurs de Nahalal, Pnina, l'épouse de l'oncle Menahem, et Tsilla, celle de l'oncle Yaïr, qui avaient dû faire le ménage chez leur belle-mère — une sorte de test d'admission dans la famille. À leur dire, elles continuèrent à appliquer les mêmes méthodes des années plus tard. Certaines habitudes adoptées par un individu ou une nation réduits en esclavage ont la vie dure, même après que les captifs ont recouvré la liberté.

Concernant les murs des couloirs et de la cuisine, j'ai dit plus haut que grand-mère Tonia avait utilisé de la peinture à l'huile jusqu'à mi-hauteur afin de pouvoir les laver facilement. Là encore, elle donnait des instructions précises que chacune cite encore mot à mot : « Passer d'abord un chiffon humide, lessiver, rincer et enfin sécher. » Je m'en souviens parce que ses filles et ses belles-filles les récitaient des années plus tard en grinçant des dents entre deux éclats de rire, tout en se lançant à la tête la sempiternelle rengaine : « Je vais t'écorcher vive ! » Utilisait-on du savon pur ou du white-spirit ? débattaient-elles, prises d'un doute.

Des années plus tard, ma mère termina brillamment sa scolarité à l'école du village. La majorité des enfants n'allait pas au-delà de la classe de seconde, à l'exception des plus doués — ou des enfants poussés par leurs parents —, lesquels achevaient leurs études au lycée agricole Hannah Meisel, tout près de Nahalal.

Maman était une très bonne élève, Micha, son frère aîné, suivait la formation de la Haganah,

Menahem et Batsheva étaient petits, Yaïr encore bébé. Or une fille de seize ans constituait une aide appréciable à laquelle il était difficile de renoncer. Il fallait s'occuper de la maison et de la ferme, traire les vaches, nettoyer l'étable, ramasser les œufs, récolter les légumes, nourrir les bêtes. J'ai mis longtemps à comprendre pourquoi ma mère nous lisait jusqu'à plus soif, à ma sœur et moi, un certain poème de Kadya Molodowsky. On y parlait d'une petite fille nommée Ayelet avec son parasol bleu, qui tirait l'eau du puits, étendait les chemises et les chaussettes, ravaudait, recousait les boutons, épluchait les pommes de terre, lavait les sols… dans une banlieue de Varsovie — la gadoue, une cour, une ferme de guingois, comme ici, à Nahalal : la boue, une cour… un bungalow reluisant de propreté.

Et donc, contrairement à ses vœux, ma mère ne termina pas le cycle secondaire. Son amie Pnina Gary, qui avait poursuivi ses études, me raconta que Batya guettait son retour de l'école pour lui demander ce qu'ils avaient appris ce jour-là. Deux ans plus tard, elle partait en séminaire à Jérusalem, où le Mouvement des mochavim envoyait les élèves ayant interrompu leur cursus secondaire pour une remise à niveau de quelques semaines. Là-bas, Batya rencontra mon père, et l'année suivante ils se marièrent.

8

Au même titre que les récits divers et variés sur l'arrivée de l'aspirateur américain, les histoires concernant notre fantastique ânesse répondant au nom de Ah — j'y reviendrai —, l'animal le plus dégourdi, le plus rusé, le plus « brillant » de la vallée de Jezréel, du monde entier, les discussions interminables à propos de tout et n'importe quoi — qui avait travaillé le plus dur, qui avait subi les pires souffrances, quelle était la taille du verger derrière le poulailler, qui avait dit à qui ceci et pas cela, à quel endroit précis poussaient le figuier noir et le blanc —, les circonstances de la rencontre de mes parents comportaient également de multiples variantes. Les versions ne divergent guère sur le fait que l'obsession de la propreté de grand-maman Tonia ne se limitait pas à la sphère étroite des seaux, serpillières, interdits et autres brosses. Elle hantait toute la famille, y compris mes parents, voire l'amour qui les unissait.

Donc, cette première rencontre eut lieu en 1946, à Jérusalem où ma mère participait au séminaire du Mouvement des mochavim. Elle avait dix-huit ans.

Elle s'était liée avec un condisciple originaire de Kefar Yehezkel. Un jour — le printemps touchait à sa fin —, les deux amis descendaient la rue Yafo en direction de la place de Sion, quand ils furent surpris par la pluie. « Les fenêtres du ciel s'ouvrirent », comme disait mon père, féru de Bible, histoire de signifier qu'un véritable déluge s'était abattu sur la ville. Les jeunes gens, vêtus de légers pardessus, cherchèrent où s'abriter. « Mon cousin habite tout près, allons-y vite », suggéra le garçon.

Le cousin en question était mon père, Yitzhak Shalev, enseignant et poète à ses heures. Quelques-uns de ses vers avaient paru dans les journaux. Il avait vingt-six ans et louait une chambre au centre-ville chez la violoncelliste Thelma Yellin. L'arrivée impromptue de son cousin et de la jeune inconnue de Nahalal en raison d'un orage de printemps lui fit une forte impression.

La fille ôta son imperméable trempé, elle dénoua sa longue natte ruisselante et la sécha avec la serviette qu'il lui prêta. Il servit le thé qu'elle avala bouillant avec un grand plaisir, le petit doigt en l'air. Elle avait hérité son goût pour le thé brûlant de son père et le petit doigt en l'air de sa mère. Ces minuscules détails échappèrent à Yitzhak qui la dévorait des yeux. Il n'était pourtant pas religieux, mais il décida in petto que Dieu avait fait tomber la pluie à son unique intention.

Plus tard, des années après leur mariage, il

composa un très joli poème intitulé « Et si… » que je reproduis intégralement ici :

Et si tu avais rencontré un autre homme
et moi une autre femme.
Rien n'aurait été pareil,
ma fille aurait été plus jolie
ou peut-être moins
elle ne fondrait pas en larmes
à cause d'un mélo romantique
ou d'un poème tragique.
Ou si tel était le cas
dans son petit mouchoir
elle ne pleurnicherait pas.

Et si cet homme était différent
si tu avais adoré l'odeur de son tabac
même s'il avait fumé la pipe
il ne l'aurait pas bourrée comme moi.
Rien n'aurait été pareil.
Tu n'aurais pas été la même
triste ou heureuse, tu aurais arpenté à ses côtés
les rues de la cité
et non pas dévalé les ronciers
pour suivre un homme hanté par ses pensées.
Tu aurais garni les étagères d'autres livres
accueilli d'autres hôtes
prononcé d'autres mots.

Et si j'avais rencontré une autre femme
à la peau plus foncée, ou plus claire
distillant le silence

auquel même ma langue rebelle aurait été vouée,
rien n'aurait été pareil
si par un jour de tempête et de sombres nuées,
tu n'avais trouvé refuge
dans la tiédeur de ma chambre,
avec tes cheveux et ton manteau mouillés.
Et si ce gros nuage chargé d'orage
avait passé son chemin…

Aujourd'hui encore, j'oscille entre le rire et les larmes en le relisant. Les conversations que mon père avait avec ma sœur et moi, quand nous étions petits, lui servirent d'ébauches. Il ne se lassait pas de nous raconter cette première rencontre et concluait par cette question cruciale, qui se retrouverait un jour dans son poème : « Que serait-il arrivé si la pluie n'était pas tombée, mes enfants ?… » Nous gardions un silence embarrassé, un peu effrayé. « Maman et moi ne nous serions pas connus et vous ne seriez pas nés », poursuivait-il sans attendre la réponse.

Et tandis que nous digérions cette terrifiante éventualité, il imaginait un autre scénario du même tonneau : « Ou alors vous seriez nés avec d'autres parents, et vous n'auriez pas été vous ! »

La pluie était bel et bien tombée, la rencontre avait eu lieu, et mes parents commencèrent à se fréquenter indépendamment des caprices de la météo. Très vite, mon père la présenta à sa mère, grand-maman Tsippora, qui logeait dans une cité ouvrière, bâtiment 2, avec son frère cadet Mordechaï âgé de dix-huit ans. Je signale ce point car, aussitôt après, ma mère parla de son nouvel amoureux à sa sœur Batsheva. « J'ai rencontré deux frères à Jérusalem, aussi intelligents et laids l'un que l'autre », lui écrivit-elle. Il y a peu, j'ai parlé de cette lettre à mon oncle Mordechaï qui a éclaté de rire. « C'est faux, a corrigé sa femme Rika. Yitzhak n'était pas moche du tout. »

Moche ou pas, ils entretinrent une correspondance suivie dès le retour de ma mère à Nahalal. Elle avait de nombreux soupirants dans la vallée de Jezréel, de grands gaillards costauds aux cheveux blonds et aux yeux bleus, « ou inversement », glissait papa, bon prince. De plus en plus de lettres circulèrent entre Jérusalem et Nahalal — il faut dire que sur le chapitre de l'écriture papa était imbattable.

Il était enseignant, je l'ai signalé. Ayant informé ma mère de son intention de rendre visite à sa famille à Ein Harod, Ginnosar et Kefar Yehezkel au début des vacances d'été, il sollicita la permission de passer la voir à Nahalal. À son arrivée, il avait la peau rougie et pelée, brûlée de soleil. Il avait effectué une grande partie du trajet à pied pour s'endurcir et hâler son teint, afin de ne pas passer pour le binoclard, le pâle intello citadin pur jus qu'il était, découvrit-elle.

S'il avait voulu faire bonne impression, c'était raté, car il n'aurait pu arriver à un pire moment, preuve de sa méconnaissance des habitudes de sa future belle-famille : il débarqua pendant le grand nettoyage du vendredi matin ! Son ignorance entraîna une autre bévue : au lieu de faire le tour de la maison, il frappa à la porte de devant et entra sans laisser à grand-mère Tonia le temps de crier : « Passez par derrière ! »

Au même moment, Batya et Batsheva aéraient la literie au-dehors, entre la plate-forme et la buanderie. Craignant qu'il ne les distraie en plein travail, grand-mère lui intima de s'asseoir en le fusillant du regard, pendant que ses filles poursuivaient leurs tâches — secouer, battre et nettoyer.

Au jeune homme qui proposait son aide, grand-père Aharon le pria de planter des concombres derrière le poulailler. C'est là qu'il commit sa troisième bourde. Grand-père lui ayant signalé qu'il fallait un intervalle de trente centimètres entre chaque légume, il se munit d'une règle, de tuteurs et d'une corde. Selon une version plus perfide, il se serait également équipé d'une équerre et d'un fil à plomb, et d'après une autre plus scrupuleuse encore, d'un compas et d'un sextant, voulant démontrer par là qu'il était parfaitement capable d'accomplir sa mission. Les espaces étaient effectivement d'une remarquable précision, et la rangée, droite comme un piquet, en deux heures, il n'avait réussi à planter que dix concombres.

Cet incident lui valut le surnom de « Shalev le flegmatique », qui lui était resté, comme toujours à Nahalal. Bien des années plus tard, alors que mon père s'était fait connaître dans des domaines non moins importants que la plantation des légumes, on le lui rappelait encore à tout bout de champ.

Pour en revenir à cette fameuse visite, on croyait

que ma mère l'avait invité parce qu'il était poète, elle-même étant passionnée de littérature, mais quand les deux tourtereaux « partirent baguenauder dans les champs » après dîner, on comprit qu'il lui faisait une cour effrénée et qu'elle semblait apprécier sa compagnie. Peu après, ma mère quitta le village pour le suivre à Jérusalem. « Loin, très loin, dans un pays inconnu », comme l'écrivait Kadya Molodowsky. Quoi qu'il en soit, les considérations relatives à la propreté, chères à grand-mère Tonia, jouèrent aussi un rôle dans leur ménage. Alors voilà… une fois la décision prise, grand-maman Tsippora se rendit à Nahalal afin de discuter des détails avec Tonia. La maison et le jardin étaient le lieu idéal pour célébrer la noce, mais c'était l'hiver, et Tonia exigea de repousser le mariage à l'été suivant car « les invités allaient mettre de la boue partout dans la maison ».

Shalev refusa, ne voulant pas attendre, ou connaissant assez sa future belle-mère pour soupçonner que, l'été venu, elle temporiserait encore en invoquant, cette fois, le prétexte de la poussière. Question propreté, grand-maman Tsippora était beaucoup moins sourcilleuse que Tonia, de sorte qu'ils se marièrent à Jérusalem où ceux de la vallée transportèrent la boue chez elle. Après quoi, le jeune couple loua une chambre chez le professeur Roth, rue Abravanel, et ma mère devint officiellement hiérosolymitaine. Mais elle tira toujours une grande fierté, une certaine vanité de ses origines qui lui conféraient une sorte de supériorité dans son nouvel environnement. Elle ne s'en départit jamais, même si elle vécut plus longtemps en ville qu'au mochav — j'ai hérité un peu de cette arrogance, en bien ou en mal.

Cela transpirait dans les histoires qu'elle racontait, ses remarques, ses rougeurs ou ses bons mots. Je me souviens notamment de ma première rentrée à l'école de Kiryat Moshe, le quartier de Jérusalem où nous vivions. C'était une journée très spéciale, naturellement. Ma mère m'avait aidé à préparer mon cartable, avait vérifié que j'étais propre et bien habillé, et avait soigneusement attaché mes lacets, car chaque fois que je m'y essayais moi-même, je me trompais de trou et m'emmêlais les pinceaux.

J'étais perché sur une chaise dans la cuisine, tandis que, agenouillée devant moi, elle nouait mes souliers par un joli nœud papillon parfaitement symétrique. Satisfaite du résultat, elle prit mes mains dans les siennes et énonça deux faits essentiels : primo, je ne devais pas me déchausser en classe ni me promener pieds nus, comme elle et moi en avions l'habitude, parce que « les gens de la ville » n'apprécieraient pas. Et secundo — elle se releva et me toisa de toute sa hauteur, la voix empreinte de gravité :

« On demandera à chaque élève qui il est et d'où il vient. Que vas-tu répondre ?

— Que j'habite ici, dans une cité de Kiryat Moshe, bâtiment 4.

— Non ! Tu diras que tu es le fils de fermiers de Nahalal. »

Je souris aujourd'hui en écrivant ces lignes.

Imaginez un petit Français, Anglais ou Polonais faisant cette déclaration le premier jour d'école dans une grande ville. Il aurait provoqué l'hilarité générale ! En Israël dans les années 1950, c'était différent, et ma mère ne plaisantait pas : « C'est exactement ce que tu diras, insista-t-elle. Que tu es le fils de fermiers de Nahalal. Rappelle-toi et ne t'avise pas d'oublier. »

Bien plus tard, après la mort de mes parents — ma mère décéda l'été 1991 et mon père la suivit environ un an plus tard — cette singularité m'apparut sous un angle différent quand, par un beau matin, rue Chopin à Jérusalem, je tombai par hasard sur David Shahar, le grand écrivain, un de leurs amis.

J'étais ravi de le revoir. J'adorais ses romans et n'avais pas oublié ses visites chez mes parents. Je me rappelais d'ailleurs l'avoir rencontré dans ma jeunesse chez grand-maman Tsippora, dans son appartement de la cité ouvrière, bâtiment 2, à Jérusalem. Elle n'était plus de ce monde ; mon père et mon oncle Mordechaï m'avaient chargé de quelque tâche à son domicile. Je verrais peut-être David Shahar qui travaillait là-bas avec leur permission, et je ne devais surtout pas le déranger, m'avaient-ils prévenu.

David Shahar s'était levé à mon entrée et m'avait adressé la parole de son propre chef. Encouragé, je m'étais hasardé à l'interroger, comme un jeune lecteur enthousiaste en présence de son auteur préféré. Comment procédait-il pour écrire ? lui avais-je demandé entre autres choses. Il avait répondu à ma question par une autre : est-ce que j'écrivais moi aussi, ou avais-je l'intention de m'y mettre plus tard ? Je lui avais dit la vérité : il m'arrivait de composer un poème pour une jeune fille, mais de l'oublier au fond d'un tiroir, et non, je n'avais pas l'ambition de devenir écrivain, mais zoologue, seulement, je n'avais pas encore décidé dans quelle branche — l'entomologie, l'étude des insectes, ou l'éthologie, la science des comportements des espèces animales.

Il avait souri.

« Dans ce cas, je vais te répondre. J'écris une page par jour, une version finale, et je ne m'en occupe plus. »

Aujourd'hui, c'est à mon tour de sourire, moi qui ne me consacre pas à l'entomologie ni à l'éthologie, et ne rédige plus de poèmes, ni pour mon tiroir ni pour une jeune fille. Je pense souvent à David Shahar et à la réponse qu'il m'avait fournie. Contrairement à lui, je suis incapable d'écrire une page définitive chaque jour, j'y reviens sans cesse, corrige, modifie, scrute à la loupe jusqu'à ce qu'elle soit nette et claire comme de l'eau de roche.

Revenons à ma rencontre avec Shahar rue Chopin, par ce beau matin, l'horrible année où mes deux parents avaient disparu. Je me dirigeais vers le centre-ville, tandis que l'écrivain effectuait sa petite promenade matinale. D'une élégance raffinée, les traits pétris d'intelligence et d'humour, il ne passait pas inaperçu. Un grand béret basque négligemment incliné sur l'oreille, un foulard de soie de couleur autour du cou, appuyé sur une mince canne avec laquelle il jouait de temps à autre, il arborait un long pardessus noir flottant sur ses épaules à la manière d'une cape.

Nous nous étions salués et avions un peu bavardé sur l'esplanade, devant le théâtre de Jérusalem. La conversation porta naturellement sur mes parents. Il me reprocha de m'être mis si tard à l'écriture, du moins à son avis, se félicitant qu'ils aient pu assister à la publication de mon premier roman *Que la terre se souvienne* de leur vivant. J'avais eu le temps de leur lire quelques chapitres du deuxième, *Le baiser d'Ésaü*, alors qu'ils étaient cloués sur leurs lits de douleur respectifs, lui appris-je, mais à ma grande tristesse, ils n'avaient pas eu le temps de le voir terminé et publié. Tous deux se réjouissaient que j'écrive, précisa-t-il, surtout ma mère, ravie que mon premier livre parle de la vallée de Jezréel et de son village.

Elle n'avait jamais oublié ses racines, non plus que Nahalal, poursuivit-il — il ne m'apprenait rien —, avant d'ajouter quelques mots dont je me souviendrai jusqu'à mon dernier souffle, une phrase que seul pouvait énoncer un auteur capable, comme lui, d'écrire une page définitivement achevée dans la journée :

« Je me rappelle quand ton père la ramena à Jérusalem. Elle avait l'air d'une grande fleur rouge posée sur les pierres de cette morne cité. »

9

Ma mère m'attendait au moment où éclata la guerre d'Indépendance. Dans Jérusalem assiégée, la nourriture, le matériel chirurgical, les médicaments faisaient cruellement défaut, et l'eau était rationnée. Elle décida d'accoucher à Nahalal, et, des années après, elle me raconta une histoire passionnante : elle était au huitième mois de grossesse quand, en pleine nuit, son frère Micha, alors membre de la brigade Harel du Palmach, vint la chercher dans sa Jeep pour lui faire quitter clandestinement Jérusalem par la route Burma.

Il la déposa à Rehovot. De là, elle se débrouilla pour se rendre à Tel Aviv où habitait sa belle-sœur — « elle ne m'a même pas offert une tasse de thé », me confia-t-elle en piquant un fard — avant de pousser jusqu'à Nahalal.

Ma mère ne s'empourprait jamais de confusion, mais de colère, et elle avait une façon bien à elle : son cou devenait cramoisi, ensuite la rougeur lui montait aux joues, puis au front, un peu comme si l'on versait du jus de framboise dans un verre.

Chez grand-mère Tonia, la joue gauche virait à l'écarlate, davantage que la droite.

Maman avait même employé la formule rituelle : « Alors, voilà… » pour prouver la véracité de ses dires, or plusieurs années après sa mort, le principal intéressé, l'oncle Micha, me fournit une autre version. Celle de ma mère était jolie, mais inexacte. « Les choses ne se sont pas passées comme ça », dit-il, usant de la formule familiale rituelle pour réfuter une assertion. D'après lui, ma mère, enceinte de huit mois, avait bien quitté la ville encerclée pour Nahalal, seulement ce n'était pas au cours d'une rocambolesque expédition nocturne à bord de sa Jeep. Elle s'était jointe à un convoi chargé d'évacuer de Jérusalem au littoral les malades, les enfants, les vieillards et les femmes enceintes.

À l'approche de la naissance, mon père la rejoignit au mochav, que nous devions quitter deux semaines plus tard à la suite d'une violente dispute. Grand-mère Tonia avait signifié à ma mère que son congé de maternité était fini, usant d'ailleurs de l'une de ses expressions à l'emporte-pièce dont elle avait le secret — « ça suffit de cocotter au lit », manière de dire qu'elle avait assez paressé et devait se lever et s'atteler au travail, nettoyer, faire la cuisine… Chez nous à Rokitno, en Ukraine, les paysannes accouchaient dans les champs et se remettaient à moissonner et lier les gerbes, le bébé serré dans un fichu contre leur poitrine.

Papa s'insurgea avec véhémence. Sa femme avait besoin de repos, et n'allait certainement pas se tuer à la tâche, allégua-t-il. En dépit de son accent distingué, ses lunettes et sa pâleur, Shalev avait un tempérament fougueux et irascible. Quant à grand-mère Tonia, elle ne savait pas se contrôler et c'était une virtuose en matière de querelles. Tous deux avaient donc provoqué l'une des bagarres les plus mémorables de notre histoire. Âgé de deux semaines à peine, je ne m'en souviens malheureusement pas, mais il y avait eu des éclats de voix et des insultes, paraît-il. Mon père était devenu encore plus blême que d'habitude, tandis que la joue gauche de grand-mère se colorait d'un beau vermillon.

Shalev décocha alors à sa belle-mère une flèche assassine : il ne pouvait pas la voir parce qu'elle était comme sa mère à lui, assena-t-il.

Grand-mère était soufflée. Ce poète, qui ne savait même pas planter des concombres, était plus sournois et dangereux qu'il en avait l'air. Elle bouillait de rage — elle non plus ne supportait pas Tsippora, et elle s'en voulait de ne pas avoir eu l'esprit de repartie. Elle aurait dû lui lancer la première qu'il lui rappelait sa mère. Comment réagir à cette injure ? S'il lui avait dit que grand-maman Tsippora était plus gentille, par exemple, elle aurait su quoi répondre. Mais que voulez-vous répliquer à un gendre qui vous compare à sa propre mère ?

Grand-mère Tonia était une femme de ressources. Elle se ressaisit aussitôt et proféra une insulte sibylline, qui entra néanmoins dans le répertoire de la famille, si bien que nous en faisons usage aujourd'hui encore. « Méfie-toi de ce crâne de piaf, Bassyalè », lança-t-elle à ma mère, murée dans un silence mortifié.

Nul ne savait ce qu'elle voulait dire par là et le sens de cette expression nous échappe toujours. Grand-mère Tonia ne s'intéressait pas aux volatiles de toute espèce qui faisaient des cochonneries et qu'elle traitait de « sales pigeons », corbeaux ou colibris itou. Peut-être avait-elle inventé ce « crâne de piaf » pour les besoins de la cause, ou traduit du yiddish « *yener foygel* », voire du russe. Mon oncle Yaïr que j'avais interrogé là-dessus avait une autre explication. D'après lui, « un crâne de piaf » était une allusion à grand-maman Tsippora, dont le prénom signifie justement « oiseau » en hébreu. « Car de la souche du serpent sortira une vipère », en d'autres termes, Shalev était comme sa mère, les chiens ne font pas des chats.

Quoi qu'il en soit, on avait compris que ce n'était pas un compliment. D'ailleurs, en entendant ce drôle d'oiseau s'envoler de la bouche de sa belle-mère, mon père, furieux, se dépêcha de faire ses bagages et ne voulant ni ne pouvant retourner dans Jérusalem assiégée avec une femme qui relevait de couches et un bébé, il nous emmena à Tibériade.

Je ne me rappelle pas davantage ce voyage, mais à ce qu'on m'a raconté, nous avions séjourné quelques jours à l'hôtel. Grâce à une cousine qui habitait à Ginnosar, le kibboutz voisin, papa trouva un emploi. Il enseigna à l'école primaire, tandis que maman travaillait à la maison des enfants.

Nous avions vécu quatre années à Ginnosar, où se forgèrent mes premiers souvenirs. Nous logions au bord du lac dans une sorte de tente au toit en branches de palmier, avec des cageots de fruits en guise de meubles. Le vent d'est en faisait gonfler la toile, et je me rappelle aussi les tout-petits s'ébattant joyeusement dans un grand bassin en béton. Une autre image : je me trouve sur une planche de bois flottant sur le lac à un mètre et demi de la rive. Mes parents sont près de moi, et pourtant, je suis glacé d'épouvante.

Je n'ai pas oublié non plus les visites de l'oncle Itamar. Ma mère et son demi-frère étaient très proches, malgré les mauvais rapports qu'il entretenait avec grand-mère Tonia. Il était alors officier, basé au quartier général de Safed. Maman et lui buvaient du thé brûlant en singeant grand-père Aharon, qui se plaignait constamment que son breuvage était « froid comme de la glace », et échangeaient des citations de leurs livres préférés entre deux fous rires.

Un autre soldat venait nous voir — ma tante Batsheva, petite, le teint mat, sanglée dans son uniforme du Nahal, la Jeunesse pionnière combattante. Grand-mère Tonia était furieuse, raconta-t-elle à ma mère : Shalev lui avait enlevé sa Bassyalè et l'armée lui avait pris sa Shevalè, la privant de son équipe de nettoyage. À force de pressions et de supplications, elle avait réussi à convaincre on ne savait quel haut gradé que la ferme périclitait et à obtenir la démobilisation anticipée de sa fille. Or l'imprévisible se produisit : Batsheva se rebella, refusa de signer le document et poursuivit son service militaire.

Son père et sa mère étaient si furieux contre elle qu'ils faillirent en venir aux mains, me raconta-t-elle. Mais elle tint bon, préférant son unité, agréable et intéressante à ce qu'elle disait. L'adjudant-chef ne devait pas être un maniaque de la propreté, comme sa mère, j'imagine.

10

Des années plus tôt, en 1928 ou 1929, se produisit l'incident que l'on peut considérer comme le point de départ contenant en germe toute l'histoire.

Alors voilà… par un jour d'hiver, alors qu'une mer de nuages venue de l'ouest envahissait le sommet du mont Carmel dans un ciel couleur d'encre, la pluie se mit à tomber, transformant les champs en marécages fangeux. Grand-père Aharon reçut une lettre de son frère aîné Yeshayahou, « le double traître ».

Il ouvrit l'enveloppe et vit rouge. Primo, parce que la lettre était rédigée en yiddish, la langue de la diaspora qu'il abhorrait depuis le jour où il avait mis le pied en Terre d'Israël. Secundo, à cause de son contenu. Ayant appris les difficultés économiques qui frappaient la Palestine, les communautés agricoles en particulier, écrivait l'oncle Yeshayahou, il expédiait quelques dollars américains pour aider son pionnier de frère.

Il pleuvait toujours. Les bêtes et les hommes pataugeaient dans la boue. Transi de froid, le cœur lourd — les enfants n'avaient pas de manteau ni de bottes pour l'hiver, le porte-monnaie était vide —, grand-père Aharon avait bien besoin de cette missive insultante envoyée par son richard de frère qui, au lieu d'immigrer en Eretz Israël, avait préféré monter une affaire aux États-Unis.

L'existence à Nahalal était épouvantable : pour un travail exténuant, les revenus étaient quasiment nuls, et outre la triste réalité de l'hiver, la boue constituait la parfaite illustration du reste de l'année. Nombre de familles, y compris la nôtre, vivaient dans le plus grand dénuement, et beaucoup avaient même préféré tout plaquer et partir. Pourtant, grand-père Aharon était loin d'apprécier le généreux présent fraternel. Au contraire, il se sentait humilié jusqu'au tréfonds de son être. Des dollars américains ?! Lui qui avait émigré dans la patrie ancestrale pour assécher les marais, creuser les premiers sillons, planter et semer, il ne toucherait pas à cet argent capitaliste et diasporique. Et puis il n'était pas un mendiant et n'avait nul besoin de la générosité des nantis, même s'il s'agissait de son propre frère.

Grand-mère Tonia, pragmatique, argumenta : ils avaient besoin de cet argent pour se procurer des manteaux, des bottes, du pétrole destiné au réchaud et à la lampe, du sucre, de l'huile, de la farine, des médicaments, mais grand-père n'en démordit pas et accomplit une action d'éclat : il renvoya à son expéditeur ces billets impurs, accompagnés d'arguments idéologiques bien sentis. Selon une autre version, il aurait ajouté quelques invectives de son cru, par exemple :

« Nous, les pionniers qui faisons fleurir le désert de notre pays en bons sionistes socialistes, nous ne succomberons pas à l'appât de cet argent provenant de l'exploitation du prolétariat par un traître ayant choisi l'exil et changé son nom en Sam. »

En dépit de leurs différences, les deux frères avaient le même caractère. Ulcéré et têtu, l'oncle envoya d'autres billets dans de nouvelles enveloppes auxquelles grand-père Aharon appliqua le même traitement qu'à la première, sans même prendre la peine de les ouvrir pour lire le petit mot gentil qu'elles contenaient. Il lui suffisait de deviner par transparence la lueur verdâtre et perverse des billets pour les renvoyer, intactes, à Los Angeles.

À la fin, comme son frère Aharon, l'oncle se sentit insulté jusqu'au tréfonds. Depuis qu'il s'était installé en Amérique, il vivait très mal les critiques à peine voilées et l'arrogance de son cadet. Les lettres qu'il lui avait retournées, la fin de non-recevoir qu'il lui opposait, sans parler de ses commentaires désobligeants à son égard… c'en était trop. Il décida de lui rendre la monnaie de sa pièce — pas une vengeance terrible, implacable, le ciel nous en préserve, non, la revanche élégante, intelligente et civilisée d'un frère aîné pragmatique envers son cadet idéaliste. Réflexion faite, il imagina un stratagème et attendit le moment, du moins d'après ma mère. Outre l'esprit pratique qui le caractérisait, il était doté d'une bonne dose de patience…

Deux ou trois années s'écoulèrent. Les lettres ayant cessé, grand-père Aharon se rasséréna. La situation ne s'était guère arrangée. En 1931, la pénurie et la misère étaient telles qu'il fut forcé de chercher un emploi. Il le trouva au conseil des ouvriers de Binyamina, où la famille s'installa durant douze mois. Micha et Batya avaient alors respectivement sept et quatre ans, grand-mère Tonia attendait les jumeaux, Batsheva et Menahem. En leur absence, oncle Ya'acov, son jeune frère, fit de son mieux pour exploiter la ferme avec l'aide de ses aînés, Moshe et Yitzhak, qui vivaient tout près de là, à Kefar Yehoshua.

Grand-père Aharon, je l'ai dit, n'avait ni l'envie ni le courage de résister aux difficultés, à la pression et aux responsabilités du travail de la terre. En revanche, il était expert en végétaux, savait se débarrasser des nuisibles, tailler, greffer, et était également sensible à la dimension symbolique de l'agriculture. À la ferme, il commença par cultiver de la vigne, des oliviers, des grenadiers et des figuiers, figurant parmi les sept espèces associées à la Terre d'Israël dans la Bible. Des cyprès montaient la garde à l'entrée de l'exploitation, comme autour de la couche du roi Salomon. Les plus beaux étaient les citrus près de la maison. Je me souviens de l'un d'eux, un arbuste remarquable qui me fascinait et piquait ma curiosité car il portait plusieurs espèces de fruits — grand-père l'avait greffé à partir d'un plant de bigaradier.

Il existe plusieurs versions concernant les agrumes qu'il exploitait. Les discussions débutaient invariablement par : « Il a greffé des oranges, des citrons et des pamplemousses sur l'oranger amer »,

« des shamoutis, des valencias et des pomelos » spécifiaient-elles ensuite avant de s'achever avec : « C'est là que grand-père Aharon a planté l'arbre où poussaient des poires, des prunes et des ananas. » Je sais aujourd'hui que cela n'a rien d'extraordinaire et que n'importe quel arboriculteur peut obtenir plusieurs sortes d'agrumes sur un seul pied. Mais alors, je prenais mon grand-père pour un magicien et considérais cet arbre comme la huitième merveille du monde.

De temps à autre, je l'ai indiqué, grand-père prétextait une migraine pour prendre la poudre d'escampette. Il lui arrivait parfois de disparaître sans crier gare. « Il s'est encore sauvé », commentait grand-mère Tonia en se lançant à sa recherche pour le ramener au bercail. Ce n'était pas trop compliqué s'il se réfugiait chez tante Sarah, sa sœur, à Herzliya, mais s'il partait au kibboutz Hanita où vivaient ses fils Itamar et, momentanément, Binya, c'était une autre paire de manches, vu que grand-mère n'y mettait jamais les pieds. Il lui arrivait de rendre visite à son ami Ze'ev Smilansky, à Rehovot — S. Yizhar, son fils, a immortalisé le lien qui les unissait dans l'un de ses écrits, *Prémices* —, ou à Haïm Shorer, qui avait quitté Nahalal pour Tel Aviv où il était devenu le rédacteur en chef du journal *Davar*.

Mon grand-père répondit avec enthousiasme à David Ben Gourion, lequel sollicitait les anciens mochavim pour aider les nouveaux, peuplés d'immigrants de fraîche date. Des mois durant, il instruisit les loubavitch de Kefar Habad — qui pensaient alors développer l'agriculture productive — dans l'art de greffer et de tailler la vigne et les arbres fruitiers. Lui-même était laïque, s'étant éloigné de la religion par conviction, mais il entonnait avec entrain les chants hassidiques appris dans son enfance, qu'il n'avait pas oubliés. Quelques-uns sont restés gravés dans ma mémoire, tel l'admirable « Mon âme a soif de toi » ou un passage du livre des Nombres, à cause de sa cantillation particulière :

Et au jou-our et au jou-our et au jou-our et au jour
et au jou-our du shabbat,
Et au jou-our et au jou-our et au jou-our et au jour
et au jou-our du shabbat
et au jou-our du shabbat
deux agneaux de un an sans défaut
et au jou-our du shabbat
deux agneaux de un an sans défaut
ay ya yay ay ya yay
yay yay yay yay yay yay yay yay ya…
yay yay yay yay yay yay ya, ay ya yay yay yay ya…
Et deux dixièmes de fleur de farine,
en oblation, pétrie dans l'huile
en oblation, pétrie dans l'huile
et sa liiiiibation.
Et deux dixièmes de fleur de farine,
en oblation, pétrie dans l'huile
en oblation, pétrie dans l'huile
et sa liiiiibation.

Je me suis efforcé de rendre le plus exactement possible la façon dont le chantaient grand-père et les hassidim qui venaient lui rendre visite.

Longtemps après qu'ils eurent terminé leur apprentissage, deux membres de Kefar Habad venaient chaque année, peu avant la Pâque, lui apporter en cadeau une bouteille de schnaps et de la *matsa chemoura*, du pain azyme fabriqué à la main. Avec leurs longues barbes et papillotes, je les trouvais très ressemblants à mon arrière-grand-père paternel sur les vieilles photos, mais en même temps, ils détonnaient fort dans le paysage de Nahalal.

Grand-père Aharon appréciait cette aimable attention, ainsi que leurs conversations, les chants et l'eau-de-vie, un point c'est tout. Il n'observait pas les préceptes du judaïsme, je le rappelle. En fait, s'il observait quelque chose, c'était bien la non-observance desdits commandements. Il faut dire que le penchant des hassidim, comme des juifs en général, de se vanter de leur « lignée », de tel aïeul qui fut un éminent rabbin, par exemple, le laissait froid, détachement qu'il transmit à sa progéniture. « Eh bien nous, nous descendons du golem de Prague », répliquait ma mère, si quelqu'un se targuait devant elle de compter un savant, un dirigeant ou un guide spirituel dans sa famille.

Quant à la *matsa chemoura*, la galette spéciale de Pâque, elle trônait sur la table du *seder*, ce qui ne nous empêchait pas de manger le pain que grand-mère Tonia cuisait dans son *tabun* — un four à bois arabe en argile et en tôle que Binya avait fabriqué au pied du mur de l'étable quand il était petit. Une fois par semaine, grand-père pétrissait dans une grande bassine la pâte dont grand-mère confectionnait des boules. Le temps qu'elles lèvent, elle allumait le four pour qu'il soit bien chaud et, même à Pâque, elle y préparait un pain fantastique.

« Le soir du *seder*, nous mangeons de la *matsa* et accomplissons tout le rituel, mais nous n'arrêtons pas pour autant de travailler les huits jours de fête, et comment voulez-vous avoir de l'énergie sans pain ? » expliquait-elle. Nous célébrions effectivement le *seder* dans les règles de l'art. Nous lisions la Haggadah en entier, chantions tous les cantiques et buvions chaque verre de vin sans exception. Le seul problème était l'*afikoman*, le morceau de galette que l'on mange à la fin du repas. Selon la tradition, grand-père le dissimulait pour nous, les enfants, mais il n'offrit jamais le cadeau promis à celui qui le dénichait.

Deux *afikomans* entrèrent dans la légende familiale. Le premier durant la fête que nous passions chez tante Batsheva, en 1963, à Kefar Monash. Grand-père l'avait si bien caché que ni les enfants ni les adultes appelés à la rescousse ne purent mettre la main dessus. Nous avions eu beau le supplier, il repartit triomphant à Nahalal sans révéler la cachette.

Le second — j'ai oublié en quelle année — ne fut jamais retrouvé non plus, mais pour une autre raison. En ramassant quelque chose pour l'épousseter avec son « chiffon d'épaule » — le *seder* ne chassait pas forcément la saleté —, grand-mère Tonia tomba sur un bout de galette qui traînait là et l'avala machinalement, sans penser qu'il s'agissait de l'*afikoman* planqué par grand-père à notre intention. Des cousins s'inscrivent en faux contre l'explication officielle. D'après eux, c'était l'un des rares cas où ils avaient agi de concert — grand-père l'avait laissé manger l'*afikoman* en connaissance de cause.

Outre les conseils qu'il dispensait aux agrumiculteurs, grand-père Aharon avait d'autres activités. Chacune lui servait de refuge, quelques-unes lui permettant même de garnir l'escarcelle vide de la famille. Il mesurait les précipitations annuelles de la région de Nahalal ; enregistrait les cartes d'identité délivrées par le ministère de l'Intérieur, à Tibériade et dans la vallée du Jourdain ; entretenait le bois d'eucalyptus du village. En ce temps-là, en effet, un mochav digne de ce nom possédait un bois d'eucalyptus où les fermiers venaient se fournir pour construire enclos et clôtures. À la différence des pins ou des cyprès, par exemple, de nouvelles pousses d'eucalyptus surgissent après la coupe. Grand-père désignait quels arbres seraient élagués, afin que l'on ne manque jamais de branches en cas de besoin.

Au sujet de la mesure des précipitations : l'hiver, mon grand-père installait des pluviomètres qu'il relevait régulièrement ; les résultats étaient publiés dans le bulletin du village. Passionné de météorologie, il en connaissait un bout sur la question, bien davantage que l'agriculteur moyen dont la science se limite généralement à la pluie, la grêle, le gel ou la sécheresse. Il se trompait rarement dans ses prévisions et nous racontait de merveilleuses histoires : par exemple, il était capable de prédire la quantité exacte de pluie qui tomberait, l'hiver, en fonction des nuages amoncelés au-dessus du mont Carmel.

Pour en revenir aux pièces d'identité, les citoyens du tout jeune État devaient apporter les leurs, délivrées par le mandat britannique, en échange des nouvelles cartes. Grand-père Aharon reçut une malle cadenassée remplie d'imprimés vierges, de formulaires et de tampons de caoutchouc. Il allait de village en village où les habitants faisaient la queue avec leurs certificats mandataires et autres documents officiels. Il retrouvait des amis — voire des amies, d'après grand-mère Tonia —, il bavardait, remuait des souvenirs, et finissait par remplir les cartes d'identité de sa belle écriture avant d'y apposer le tampon du ministère de l'Intérieur et son propre paraphe.

Il avait d'ailleurs fourni et signé les papiers d'identité de mes parents, qui habitaient alors à Ginnosar. Quand grand-mère Tonia apprit qu'une chambre d'hôtel avait été mise à sa disposition, elle s'y précipita avant que l'une de ses « potains » ne l'y précède. Grand-père était un bel homme, un conteur né, pétri d'humour. Grand-mère Tonia affublait de ce surnom toutes les femmes qui lui couraient après, les véritables comme celles qui relevaient de son imagination.

Un jour, il s'était enfui à la mer Morte, à la limite du désert, dans une usine de « phasphate », comme disait grand-mère (cette prononciation est restée et nous sommes incapables de dire « phosphate », comme tout le monde). Comme à Nahalal, il se mit à ramasser les rebuts, des sacs usagés, des cordes, de vieux tuyaux, et très vite, on le bombarda chef magasinier. Imaginez sa surprise quand, peu de temps après, il découvrit, descendant du car qui convoyait les ouvriers, une petite silhouette qui se précipita vers lui dans l'air vibrant de chaleur — grand-mère Tonia avait réussi à le localiser et l'avait poursuivi là-bas. Très vite, elle trouva à s'employer aux cuisines de l'usine.

Mon cœur saigne en racontant ces anecdotes. Si grand-père Aharon n'était pas le plus laborieux, le plus « brillant » des fermiers et renâclait à la besogne, les longues journées de travail exténuant qui étaient le lot des cultivateurs de l'époque, il était plus ingénieux et inspiré que la plupart des paysans laborieux et « brillants » de sa génération. Que serait-il devenu s'il avait émigré aux États-Unis comme l'oncle Yeshayahou ? Je me le demande encore. Une autre femme se serait abritée de la pluie dans le meublé de mon père à Jérusalem, mon frère, ma sœur et moi ne serions pas nés, mais il aurait probablement mieux vécu : il n'aurait peut-être pas perdu Shoshana, sa première épouse, ni été contraint de mesurer la pluviométrie, s'enfuir dans le désert, surveiller les eucalyptus, remplir des imprimés ou délivrer des papiers d'identité. Il aurait parlé yiddish, publié des nouvelles et des articles dans le *Forverts*, le quotidien new-yorkais, plutôt que dans *Le Jeune Travailleur*.

Et qui sait ? Au lieu des chansons parodiques qu'il composait pour le *seder* de Pâque à Nahalal, il aurait pu écrire des comédies musicales à Broadway, devenir riche et vivre dans le luxe, sans états d'âme. Il aurait peut-être même changé de nom en, disons, Harry, et n'aurait jamais traité son frère de traître, lequel frère n'aurait pas cherché à se venger, à l'aider ou à regagner ses bonnes grâces en lui envoyant des dollars par la poste, sans parler d'un sweeper emballé dans une grande caisse de bois, constellée de tampons et d'étiquettes.

11

Après quatre ans au kibboutz Ginnosar, mes parents revinrent vivre à Jérusalem. Nous avions d'abord occupé à Nahalat Shiva un studio glacé et humide dont je n'ai gardé aucun souvenir, avant d'emménager l'année suivante dans un nouveau lotissement à Kiryat Moshe, où j'ai passé pratiquement toute mon enfance et mon adolescence. Ma sœur Raphaëlla y est née et, beaucoup plus tard, mon frère Tsour, de plus de dix-neuf ans mon cadet, le père de Roni et Naomi, mes deux nièces qui m'avaient verni les orteils en rouge vif au premier chapitre.

La cité de Kiryat Moshe n'avait pas le cachet si particulier de Jérusalem, évoqué par David Shahar et mon père dans leurs écrits. Rien à voir en tout cas avec Nahlaot, Beit Israël, la rue des Prophètes, Kerem, Baka, la Colonie allemande et d'autres anciens quartiers de la ville. Loin des arches, des dômes ou des voûtes, des ruelles fleuries de géraniums et de jasmin, les bâtiments en brique et crépi gris de Kiryat Moshe, lesquels n'avaient jamais entendu parler de l'obligation de construire en pierre, exhibaient leur laideur.

Près de là, telles des sentinelles, se trouvaient trois institutions caractéristiques de Jérusalem : l'école des aveugles, l'asile d'aliénés Ezrat Nashim et l'orphelinat Diskin. Ces établissements jouèrent un grand rôle dans notre existence. Les « fous » avaient coutume de se promener dans le quartier et faisaient partie du paysage. Les hurlements de détresse qui nous parvenaient de l'orphelinat, malgré la distance, nous pétrifiaient de terreur. Et nous avions noué des liens privilégiés avec les petits aveugles. On jouait à chat perché ou à cache-cache, on se racontait des histoires et, l'été, à la tombée de la nuit, on épiait les filles aveugles par les fenêtres de leurs chambres. On les regardait se préparer pour la nuit, tandis que nos camarades non voyants nous pinçaient le bras : « Elles font quoi ? Racontez-nous ! » chuchotaient-ils, survoltés, les yeux de l'imagination voyant plus loin que les yeux de chair !

Lors d'une conversation avec mon père, des années plus tard, je lui confiai que c'étaient les fous, les aveugles et les orphelins des trois institutions de mon enfance qui représentaient ma Jérusalem à moi, pas le mont du Temple ou des Oliviers, le toit de Notre-Dame-de-France, les marchés, les anciens quartiers et les venelles qu'il décrivait dans ses poèmes et nouvelles. « Tu ne crois pas si bien dire », fit-il en souriant, à ma grande surprise.

Ma mère cultivait au pied de notre immeuble un petit jardinet où elle mettait sa science, teintée de nostalgie pour la vallée de Jezréel et le travail de la terre. Elle s'y activait pieds nus, vêtue d'un short qui faisait tourner toutes les têtes, celles des aveugles incluses. Un peu plus haut, là où se trouve aujourd'hui l'école talmudique Merkaz HaRav, s'étendait un terrain vague rocailleux où les bergers de Giv'at Shaoul menaient paître leurs vaches. Elles avaient beau être des bêtes de la ville, pour ma mère, elles étaient comme une bouffée d'air frais venu de Nahalal. Elle les observait depuis la fenêtre de la cuisine, et ce spectacle lui mettait du baume au cœur : « Il y a une jolie génisse avec qui je m'en vais causer un brin. » Et elle s'en allait, émettant des sons stridents à la manière des pâtres, le poing pressé sur ses lèvres, pareil à une petite trompette. Histoire de ne pas rentrer les mains vides, elle rapportait de la bouse destinée à fertiliser son jardin.

Et même si elle avait quitté depuis des années son village, ses parents, et fondé un foyer à Jérusalem, où personne ne la forçait plus à sécher l'école pour faire le ménage avec la menace de « l'écorcher vive », elle récurait toujours les sols comme chez sa mère : au lieu de se servir d'une raclette, elle se pliait en deux et marchait à reculons, maniant la serpillière en larges zigzags, fière de sa souplesse, de l'aisance avec laquelle elle parvenait à toucher ses pieds avec les mains.

En tordant le torchon dans le seau, elle inspectait l'eau à la lumière. « J'ai peur d'avoir attrapé sa maladie », s'excusait-elle avec un sourire contrit. On savait de quelle maladie et de qui il s'agissait.

Après la disparition de grand-mère et jusqu'à son dernier souffle, ma mère surnommait « Tonia » quiconque dans la famille était maniaque de la propreté, y compris elle-même.

Elle m'enseigna à recoudre un bouton, repasser les chemises, repriser les pantalons, faire la cuisine et autres tâches ménagères qu'à l'époque on n'enseignait qu'aux filles et elle m'apprit aussi à laver le sol.

Un jour, je surpris son regard amusé tandis que j'essorais la serpillière. Elle me demanda si je pensais avoir extrait toute l'eau. « Absolument, jusqu'à la dernière goutte », répondis-je, très fier de moi.

Alors, me reprenant la serpillière, elle la tordit à son tour et en recueillit encore une grande quantité d'eau qui ruissela dans le seau.

Je n'en revenais pas. Devant ma mine déconfite, elle m'expliqua ce que sa mère lui avait inculqué quand elle était petite : que les hommes se servaient de leur force et les femmes de leur tête. Un homme tenait le chiffon à bout de bras, la paume vers le bas, le tordant d'une main, la plus forte, sans bouger l'autre. Tandis que les femmes, surtout celles de notre famille, diplômées en lessivage des sols de l'École pratique des hautes études en nettoyage de grand-mère Tonia, s'y prenaient de la façon suivante : une paume tournée vers le haut, l'autre vers le bas, les deux s'activant de concert, jusqu'à croiser les bras à angle droit et obtenir un mouvement de torsion additionnel et, par conséquent, un essorage à quatre-vingt-dix degrés.

De temps à autre, nous recevions la visite des frères et sœur de ma mère. Celles de l'oncle Menahem m'ont particulièrement marqué. Maman préparait à son intention la liste des réparations à effectuer à la maison. Mon père avait deux mains gauches, la seule chose qu'il acceptait de faire était de changer une ampoule grillée. J'avoue avoir hérité de ce trait de caractère. En revanche, comme la majorité des membres des mochavim de l'époque, mes oncles maternels étaient des bricoleurs de génie, capables de rafistoler n'importe quoi, maçonner, couler du béton, carreler, sans parler de la plomberie et de l'électricité. Enfant, j'étais certain que le poème « J'ai à Nahalal un oncle habile de ses dix doigts » se référait à oncle Menahem.

Il apportait ses outils, sachant qu'il n'en trouverait pas chez nous. Ils avaient des noms merveilleux — *jabka* (tenaille), *izmil* (burin), « le petit Suédois » (clé à molette) et « les pinces sans lesquelles un mochavnik qui se respecte ne se déplace jamais ». Dès qu'il les disposait sur la table, mon père s'agitait, comme si les travaux que son jeune beau-frère s'apprêtait à exécuter menaçaient sa virilité. Quand l'oncle Menahem changeait le joint d'un robinet qui fuyait, enroulait de la filasse de lin autour d'un pas de vis pour une totale étanchéité ou débouchait un tuyau, papa lui tournicotait autour en l'abreuvant de recommandations.

Je me rappelle parfaitement l'un de ces épisodes. Alors voilà… en short et brodequins, la bouche remplie de clous et de vis, des outils plein les poches ou suspendus à sa ceinture, oncle Menahem se jucha sur une chaise en équilibre sur la table de la cuisine. Il raccorda des fils électriques, changea une douille et installa un nouveau globe au plafond. Maman tenait les pieds de la chaise, tandis que j'observais la scène, les yeux écarquillés d'admiration, et que papa gesticulait autour de nous : « Pas comme ça… serre un peu plus… enlève ce truc d'abord avant de visser… », commandait-il.

Oncle Menahem lui lança un regard interloqué du haut de son perchoir avant de recracher les clous et les vis dans le creux de sa main. « Shalev…, fit-il en accentuant délibérément la première syllabe. Tu voudrais être gentil et aller écrire un poème ?… »

Le contentieux familial entre Nahalal et Jérusalem avait de multiples facettes, certaines très drôles, d'autres moins. Sa célèbre organisation en forme de cercle comptait autant pour ma mère que les lieux saints de Jérusalem. Sa famille, son village lui manquaient depuis qu'elle les avait quittés. Papa n'aimait pas grand-mère Tonia, il plaignait grand-père Aharon et sentait que les frères et sœur de ma mère ne l'acceptaient pas de gaieté de cœur. Aussi se vengeait-il à sa manière subtile de leurs critiques contre ses positions de droite, de leurs moqueries à propos de sa maladresse. « Vive le socialisme ! » criait-il aux dindes dans leur enclos, lors de ses rares séjours à Nahalal. À leur habitude, ces stupides volatiles répondaient dans un bel ensemble. « Ce n'est pas sorcier, vous voyez ? » commentait papa avec un large sourire.

Et comme il rechignait à se rendre à Nahalal et que maman tenait à ce que ses enfants entretiennent des liens étroits avec sa famille et son village natal — elle n'était pas libre de ses déplacements à cause de ma sœur, encore bébé —, elle m'y envoyait de temps en temps à bord du camion-citerne à lait du mochav qui venait fréquemment à Jérusalem.

J'avais cinq ans quand elle décida que j'étais assez grand pour voyager seul. Elle me réveillait à deux heures et demie du matin, préparait du thé, qu'elle aimait bouillant, et versait le mien dans une soucoupe pour qu'il refroidisse plus vite, parce que « c'est l'heure d'aller à la Tnouva. Il ne faut pas faire attendre Motké le chauffeur ni notre camion-citerne ».

« Motké », c'était Motké Habinsky, et « notre camion », le véhicule de Nahalal, un Mack Diesel qui transportait le lait du mochav à la laiterie de la Tnouva dans le quartier de Geula, à quarante-cinq minutes à pied de chez nous. Maman remorquait un enfant somnolent d'une main, une petite valise dans l'autre.

Il faisait sombre et froid tandis que nous longions le dépôt des bus de la compagnie Mekasher, boulevard Herzl. Nous prenions ensuite à gauche en direction de Romema, dépassions le monument Allenby et la cour des tailleurs de pierre d'Aboud-Lévy, d'où résonnaient les burins quand nous allions au marché. Au beau milieu de la nuit, seul régnait le silence, à croire que l'air s'était déchiré précisément à l'endroit où j'aurais dû entendre les coups de marteau.

Nous doublions la caserne Schneller avant de poursuivre par la rue des Rois-d'Israël, l'artère principale de Geula. Les premiers fidèles se hâtaient vers la synagogue, mais il n'y avait pas une seule voiture en vue. Plus tard — j'avais une vingtaine d'années — j'avais vécu une expérience singulière et très agréable, relative à cette équipée nocturne : pratiquement chaque nuit, durant trois semaines, je rêvais que je marchais seul dans cette même rue depuis la caserne jusqu'à la place du Shabbat. Je donnais un coup de pied par terre, prenais mon élan et bondissais dans les airs à cent cinquante ou deux cents mètres du sol et planais au-dessus des maisons avant d'atterrir en douceur, et ainsi de suite. Voler en rêve est classique, c'est bien connu, mais pourquoi toujours à cet endroit et plusieurs fois d'affilée ? Mystère. Au bout de vingt nuits, ce rêve récurrent s'interrompit à ma grande déception.

Revenons-en à ma mère et moi. Nous nous dirigions donc vers la place du Shabbat, puis tournions deux fois à gauche jusqu'à la laiterie. Notre camion, un semi-remorque arborant le nom de Nahalal en jaune vif sur ses portières peintes en vert, y stationnait déjà, un gros tuyau aspirant le lait de la citerne. « Bonjour Bassyalè ! » braillait Motké Habinsky, comme on appelait ma mère au village.

Le chauffeur était fort en gueule, sympathique et doté de membres épais et glabres, sa large face respirant la bonne humeur. Il beuglait comme tous les routiers — « parce qu'il faut dominer le bruit du moteur », m'expliqua-t-il des années plus tard en réponse à mes questions —, et ressemblait à n'importe quel camionneur juif de la vallée de Jezréel : costaud, trapu, portant une chemise de travail bleue, un ample short et des sandales « bibliques » très répandues à cette époque.

En ces temps de pénurie, Motké sortit de sous le siège un colis expédié par grand-père Aharon et grand-mère Tonia à leur fille exilée dans cette misérable cité : un poulet décapité et déplumé, quelques œufs, du fromage, des fruits et des légumes de saison, plus deux lettres de doléances où chacun se plaignait de l'autre. Le tout emballé dans du papier kraft — récupéré dans un sac de lait en poudre vide — rembourré avec de vieux journaux et soigneusement ficelé à l'aide d'une corde de paille nouée en croix.

Grand-père Aharon était très fort en matière de paquets, un trait de famille, semblait-il. Chaque fois que ma mère évoquait l'aspirateur d'Amérique, cadeau de l'oncle Yeshayahou à sa belle-sœur Tonia, elle précisait qu'il l'avait dûment enveloppé, attaché et capitonné en vue de son long et pénible voyage. « Exactement comme grand-père Aharon le fait pour les paquets qu'il nous envoie de Nahalal. » Habiles à attacher, entortiller et lier comme personne et ne comptant que sur eux-mêmes pour cette opération, ces deux-là n'étaient pas frères pour rien.

« Tu es à qui, toi ? » rugit Motké, même s'il savait très bien qui j'étais.

J'étais trop ému pour répondre. Motké me souleva et me projeta pratiquement dans la cabine en enjoignant à ma mère de monter derrière moi. Je crus qu'elle nous accompagnait, sans savoir si j'étais content ou triste, mais elle n'allait pas plus loin que la sortie de la ville pour se rapprocher de la maison, m'expliqua-t-elle.

Motké fit adroitement marche arrière — à l'époque, j'ignorais combien la manœuvre était périlleuse —, il quitta la laiterie, tourna à droite et passa la première dans la rue des Rois-d'Israël.

« Comment ça va au village ? s'enquit maman.

— Ça va. On bosse dur.

— Et chez moi ?

— Comment ça chez toi ? On ne t'écrit pas ?

— Si, mais pas assez. »

Assis entre eux deux, je fixais les mains de Motké qui s'activaient sur le volant et le levier de vitesse, tout en louchant avec convoitise sur l'avertisseur.

Motké surprit mon regard :

« Il y a quelqu'un qui aimerait bien klaxonner, non ? »

Je ne dis mot, de peur de griller mes chances.

« C'est toi, Bassyalè ? »

Maman aurait très bien pu répondre « oui », mais elle n'en fit rien.

« L'avertisseur ne m'intéresse pas vraiment, répondit-elle.

— C'est peut-être moi ? poursuivit Motké. Non,

impossible. Je klaxonne assez comme ça. Alors c'est qui ? » reprit-il après un silence terrifiant. Il se tourna vers moi. « Je ne vois que toi. Tu aimerais klaxonner un peu ?

— Oui.

— Qu'est-ce que tu attends ? Passe derrière moi et tire dessus », dit-il en se penchant légèrement sur le volant.

Je me glissai entre son large dos et le siège pour agripper le câble. Un beuglement assourdissant retentit, me transportant de joie et d'épouvante à la fois.

« Plus fort ! commanda Motké. On va réveiller un peu ces tire-au-flanc de religieux et les autres aussi. Allez, debout, fainéants que vous êtes, assez dormi, au travail ! Nous avons un pays à bâtir ! »

J'empoignai le câble avec plus de vigueur. L'avertisseur du Mack mugit plus fort que tous les chophars de Jérusalem réunis, les ultra-orthodoxes, qui, le shabbat, s'en prenaient aux camions de la Tnouva venus apporter leurs produits en ville, et s'enfuyaient à toutes jambes quand ceux des kibboutzim et des mochavim leur tombaient dessus, leurs pioches au poing, pour frayer un passage à leurs légumes, leurs œufs et leur lait.

De retour à ma place, je me remis à observer les mains de Motké qui tournaient, serraient, déplaçaient, tiraient, ses pieds chaussés de sandales virevoltant sur les trois pédales — la droite, celle de l'accélérateur, était en bois.

Il stoppa à la sortie de la ville. Maman m'embrassa et descendit.

« Agite la main pour lui dire au revoir », ordonna Motké.

Je répondis aux signes d'adieu maternels avant de me tourner vers lui, très excité.

« Tu as intérêt à dormir maintenant, me conseilla-t-il. Ça fait une bonne trotte jusque là-bas et tu ne vas pas chômer, crois-moi. Il faudra abreuver les veaux, nourrir les poules, donner de la luzerne aux vaches et aider ta grand-mère au ménage. Dors vite pour ne pas être trop fatigué en arrivant. »

En écrivant ces lignes aujourd'hui, je pense à maman et j'essaie de me mettre à sa place tandis qu'elle s'en retournait auprès de mon père et ma petite sœur, alors âgée de six mois. Mais à ce moment-là, l'idée ne m'avait pas effleuré l'esprit. Nous avions quitté la ville, dévalant la pente dans une bise froide jusqu'au virage de Motza avant de grimper péniblement la route tortueuse menant au Qastel. Je me laissais griser par la liberté, l'indépendance, le trajet nocturne dans les collines, l'habileté avec laquelle Motké manœuvrait ce mastodonte dans les montées, les descentes et les lacets, sa simple présence représentant à mes yeux le summum de la virilité.

Le voyage se poursuivit dans un état second — je n'avais pas la moindre idée du lieu où nous nous trouvions, ni de notre destination ou du temps qui s'écoulait. Aujourd'hui encore, ces trajets à Nahalal sont gravés dans ma mémoire tel un rêve ininterrompu. Chaque fois que je m'éveillais, l'air était plus chaud et humide, la lumière plus éclatante. Motké fit halte en cours de route dans une grande ville — sans doute Tel Aviv — et m'incita à descendre me dégourdir les jambes et faire pipi avec lui à l'abri des roues arrière. C'était sa façon à lui de me traiter en égal : moi, le petit garçon de la ville qui n'avait pas de permis poids lourd, le fils de fermiers de Nahalal, un homme, un vrai.

Il m'emmena ensuite petit-déjeuner d'une omelette, d'un yogourt, d'une salade et même de café. « Vas-y, bois, mais tu ne le diras pas à tes parents, hein ! » De là, nous étions allés livrer et réceptionner des colis et des lettres dans un grand immeuble, probablement le quartier général du Parti travailliste, avant de regagner le camion-citerne qui patientait sagement dans la rue.

De dimensions plus réduites que de nos jours, le pays s'étendait à perte de vue, et notre véhicule, quoique plus petit que les semi-remorques d'aujourd'hui, était bien plus gros. Au bout de Wadi Milh, appelée Wadi Milek, la « vallée du sel », près de Yoknéam, s'étendait devant nous la vallée de Jezréel, à croire que nous avions débouché dans l'envers du monde — du bon côté. Lorsque douze ans plus tard, mes parents apprirent à conduire et achetèrent une voiture, une petite Simca 1000 dans laquelle ma mère se rendait à Nahalal, elle prenait une profonde inspiration à cet endroit précis en souriant sans rien dire, ni sans doute même en avoir conscience.

Motké se gara au centre du village devant le mur de la laiterie. Il devait s'occuper du Mack et mettre le carnet de bord à jour, déclara-t-il — ses paroles m'impressionnèrent fortement. Quant à moi, je devais attendre l'oncle Menahem qui m'accompagnerait chez grand-mère Tonia.

« Et s'il était déjà là ?

— Non, ton oncle est toujours le dernier arrivé à la laiterie, tu ne le savais pas ? »

Histoire de tuer le temps, j'examinais les lieux en espérant que quelqu'un mettrait en route l'écrémeuse — un appareil en acier circulaire pourvu d'une poignée. Quand on l'actionnait, la cuve tournait à toute vitesse déversant par des tuyaux le lait qu'elle contenait dans deux récipients différents, l'un pour le lait, l'autre pour la crème. Magique ! Ce matin-là, en tout cas, personne n'ayant apparemment l'intention de séparer la crème du lait, je voyais les fermiers transporter leurs bidons dans des carrioles tirées par des chevaux. Ils bavardaient à tort et à travers en lançant des regards familiers aux enfants du village.

Ceux de Nahalal possédaient un flair particulier concernant les enfants, une sorte de sixième sens, un don de prémonition résultant probablement d'années d'observation de leurs veaux et poulains. Ils pouvaient prédire l'avenir d'un nouveau-né au sein de leur foyer, dans l'étable ou la basse-cour. Ils savaient qui serait un « bon paysan » et qui un fainéant. Qui contribuerait brillamment et utilement au bien commun et qui deviendrait un parasite profitant de l'entraide mutuelle, un fardeau pour la société.

Ceux qui m'avaient reconnu me demandèrent des nouvelles de ma mère, les autres cherchèrent à savoir à qui j'étais, selon la coutume de ce temps-là. La réponse apportait un éclairage précieux. L'enfant s'insérait dans la carte narrative, événementielle, humaine, celle des rumeurs, des succès et des échecs, et surtout dans les annales du village, du parti, le patrimoine local et génétique. Ces questions étaient si sérieuses, subtiles et significatives que, je l'avais compris, j'avais intérêt à me présenter comme le rejeton de Bassyalè, aimée et admirée de tous, plutôt que comme le petit-fils de grand-mère Tonia, ma fantasque, excentrique et controversée aïeule.

Motké avait raison — oncle Menahem se faisait attendre. Exaspéré, le responsable de la laiterie me fusillait du regard, comme si c'était de ma faute. En fait, je me sentais vaguement coupable, ayant été élevé selon le principe de l'entraide et de la solidarité familiales. Enfin, une silhouette blanche se profila à l'horizon : c'était Whitey, notre cheval attelé à une charrette trimballant des bidons de lait en sus de l'oncle Menahem, son éternelle cigarette Noblesse aux lèvres.

Menahem était un fieffé coquin. Il fumait depuis le cours élémentaire 2 et avait conduit sa première moto deux ans plus tard. Il traquait les chats, singeait les uns et les autres, mentait comme un arracheur de dents, il avait le chic pour amuser et horripiler tout le monde. À peu près à cette époque, il épousa tante Pnina, la plus jolie fille du village, et pendant la cérémonie, je commis une bourde qui resta gravée dans les mémoires des années durant.

C'était la pénurie, comme je l'ai indiqué. En prévision du mariage, grand-père Aharon ramassa des œufs qu'il avait l'intention d'offrir à ma mère, oncle Micha, tante Batsheva — ils ne vivaient plus à la maison — et à quelques autres invités de marque. Il les déposa dans un petit panier dissimulé dans l'étable, que je dénichai en compagnie d'un camarade « pas parent de sang ».

Nous avions lancé un œuf sur Whitey qui avalait sa maigre pitance à côté de nous — nous avions quatre ans et demi, cinq ans au maximum, Votre Honneur, je tiens à le rappeler. Le contraste du jaune vif sur sa robe blanche nous avait fortement impressionnés et incités à continuer, de sorte que lorsque grand-père convia ses hôtes à l'étable pour leur remettre leur cadeau — dix œufs chacun —, ils découvrirent l'animal tout dégoulinant d'un liquide visqueux. « Avec de la chapelure, on aurait pu faire une délicieuse escalope pour tout le monde », déclarait ma mère quand son fils se retrouvait sur la sellette.

Quelques-uns de nos proches — pas de sang, à mon avis — se hâtèrent de colporter l'histoire dans l'enceinte circulaire de Nahalal. Personne ne s'en étonna, de même que nul ne fut surpris de me voir débarquer avec les orteils peints en rouge à l'inauguration de la cache d'armes de la Haganah, des années plus tard. Voilà ce qui arrivait quand un enfant portait dans son ADN les gènes de son révisionniste citadin et intello de père, ainsi que ceux d'une grand-mère maniaque de la propreté qui condamnait les pièces de sa maison et enfermait des aspirateurs derrière les portes closes.

12

Oncle Menahem me caressa affectueusement la tête. « Bonjour, toi, ça va ? » lança-t-il, à croire que retrouver son jeune neveu à huit heures et demie du matin à la laiterie de Nahalal était la chose la plus naturelle du monde. Il déchargea ses bidons et versa le lait dans la bascule aux parois recouvertes d'un linge tout en discourant avec le gérant, comme il avait l'habitude de le faire avec n'importe qui à propos de tout et de rien. Cela fait, il me hissa dans la voiture, posa ma valise à mes pieds et me confia les rênes. « On y va ! » fit-il en allumant une nouvelle cigarette.

Ce geste était davantage qu'un simple jeu. Il exprimait une attitude de moins en moins répandue de nos jours envers les jeunes enfants, propre à établir un climat de confiance, leur donner le sens des responsabilités pour leur apprendre à s'investir et se rendre utiles plus tard.

Surexcité, je lâchai un premier « hue ! » indécis, un deuxième plus assuré et un troisième avec autorité. Whitey recula, pivota nonchalamment sur lui-même et se mit en route d'un pas lent et mesuré, comme pour retarder le plus possible le dur labeur qui l'attendait, une fois cette agréable récréation matinale terminée.

C'était un bel animal, un peu cabotin, qui aurait été mieux à sa place à tirer un carrosse dans les rues de Tel Aviv, sur les Champs-Élysées ou à Central Park qu'à se retrouver jusqu'aux jarrets dans la boue de la vallée de Jezréel. S'il n'était pas aussi vigoureux et vaillant, au physique comme au mental, que les autres bêtes de trait du village, il était doté d'un esprit créatif non dénué d'humour et adorait frimer. Et quand Menahem ou Yaïr lançaient une plaisanterie — ils avaient toujours le mot pour rire —, on aurait dit que Whitey souriait de toutes ses dents.

Whitey et oncle Menahem en route pour la laiterie, au début des années 1950.

Notre cheval se faisait la belle plus souvent qu'à son tour pour rejoindre des juments, surtout la nuit, au grand dam des autres fermiers, consternés de se retrouver encombrés de poulains qui ne considéraient pas le labeur comme la valeur suprême. Mes oncles refusaient toutefois de le castrer, se démarquant en cela de leurs voisins, sous prétexte que les animaux de la ferme souffraient suffisamment sans cette pratique barbare.

Pour l'heure, oncle Menahem savourait ce moment d'oisiveté bien mérité. Assis dans la carriole, il fumait avec délices tout en me bombardant de questions à propos de sa sœur. Quant à moi, concentré sur la route et les rênes que je tirais tantôt à droite tantôt à gauche, je criais « hue ! » à tue-tête, même si, je le savais, Whitey connaissait le chemin par cœur et avait la courtoisie d'ignorer mes interventions intempestives. Il quitta le centre du village en direction de la périphérie, tourna à gauche sur la rue principale et dépassa les fermes des Yehoudaï, Shalvi, Yannaï et Tamir avant de virer à droite pour pénétrer dans la cour des Ben-Barak, l'exploitation familiale.

La charrette s'engagea dans l'allée bordée de grands cyprès odorants plantés par grand-père Aharon — ils ont été rasés depuis — et fit halte devant l'ancien bâtiment, où se trouvait le tuyau servant à laver les bidons et le premier indice de la présence de grand-mère : le fromage qu'elle confectionnait, puis égouttait, suspendu dans un torchon.

Je sautai à terre, me dirigeai vers la véranda et, sachant qu'il était interdit d'entrer, l'appelai du dehors.

Sa réponse enthousiaste me parvint de l'intérieur : « Oh, comme je suis contente que tu sois là !… » Si c'était ma mère, elle l'accueillait par ces mots : « Oh, comme je suis contente que tu sois là ! Tu pourrais peut-être… », prélude à telle ou telle requête qui suivait invariablement. Moi, j'étais encore trop petit pour servir à quelque chose. Elle sortit, se pencha, me serra dans ses bras et m'embrassa tendrement, sans ses récriminations et ses sempiternelles jérémiades.

Suivait un rituel immuable : d'une main, elle m'attrapait le menton, me renversait la tête pour mieux me voir. « Tu as l'air complètement raplapla ! » s'écriait-elle avec son accent russe et yiddish à couper au couteau. Elle m'installait aussitôt sur le parapet — un muret de la largeur d'un banc sur lequel on pouvait s'asseoir, voire s'allonger. « *Ah-nu*, attends-moi là une minute ! » ajoutait-elle avant de repartir.

Elle regagnait la cuisine d'où j'entendais la porte du frigo s'ouvrir et se refermer. Chez nous, à Jérusalem, vous n'avions qu'une glacière, mais grand-mère Tonia possédait un réfrigérateur, et pas n'importe lequel, un Frigidaire envoyé d'Amérique par l'oncle Yeshayahou.

Elle réapparaissait, une cuillère à la main, une jatte de crème dans l'autre. « *Ah-nu*, ouvre la bouche », ordonnait-elle en plongeant la cuillère dans le récipient avant de la retirer toute dégoulinante pour la porter à mes lèvres. Une goutte de cette crème se distinguait des autres : elle pendouillait à un fil qui s'étirait et s'amenuisait, tandis que la goutte grossissait et s'épaississait pour atteindre son but : une tranche de pain, une tasse de café ou une langue tirée.

Le premier jour, la crème sortait de l'écrémeuse presque à l'état liquide avant de se solidifier et de se transformer en beurre qu'on étalait sur des tartines avec la fameuse confiture de prunes de grand-mère. Je préférais la déguster avec une tomate coupée en rondelles et un peu de sel. S'il y avait une « queue de hareng », le plat préféré de grand-père Aharon, je m'en délectais avec un bonheur non dissimulé. « C'est héréditaire », s'extasiait grand-mère, quand un enfant, par sa ressemblance ou son comportement, lui rappelait tel ou tel adulte de la famille.

Elle me fourrait une grande louchée dans la bouche : « *Ah-nu*, avale ! »

La crème glissait sur ma langue et au fond de ma gorge avec un goût incroyable, voluptueux, à chaque fois renouvelé. Je l'ingurgitais. Elle me lançait un regard en coin avant de déclarer : « Tu vas beaucoup mieux, on dirait ! »

C'était drôle, je le savais, pourtant je me gardais bien de rire. Le moment était trop authentique et important pour se moquer. Aujourd'hui encore, je suis sûre qu'elle avait raison : la minute d'avant, je me sentais vraiment épuisé, et tout ragaillardi ensuite.

« Tu as faim ? poursuivit-elle. Va te laver les mains pendant que je te prépare à manger. »

J'avançai machinalement vers la porte, mais elle m'arrêta dans mon élan : « Dehors, les mains ! Dans l'abreuvoir ! »

L'abreuvoir en ciment, si grand que trois enfants auraient pu y tenir à l'aise, se trouvait à l'angle de l'allée, à l'extérieur de la maison. On y remplissait les seaux destinés à lessiver les sols, et on y fixait un tuyau pour arroser les dalles. On y faisait la vaisselle, on s'y savonnait les mains et le visage, et il se transformait également en douche pour les enfants.

Je me lavai donc les mains avant de faire honneur au repas préparé par grand-mère.

« À quelle heure t'es-tu levé ce matin ? »

Je me rengorgeai :

« À deux heures et demie.

— Tu vas faire la sieste. Je vais te préparer un *michkav.* »

J'adorais ce mot. J'ai longtemps cru qu'elle l'avait inventé jusqu'à ce que je le retrouve plus tard dans la Bible dont, le soir, papa nous faisait à haute voix la lecture par chapitres entiers. Je savais que ce mot signifiait « lit » ou « couche » comme dans : « David se leva de sa couche[1] » et même si notre père ne nous expliquait jamais ce qu'il nous lisait, je pressentais qu'il y avait un sens

1. Samuel, XI, 2. *(Toutes les notes sont de la traductrice.)*

caché derrière ce sommeil en apparence anodin, à en juger d'après la suite : « David envoya chercher Bethsabée, elle vint chez lui et il coucha avec elle… »

La poésie de l'âge d'or espagnol étudiée en classe une douzaine d'années plus tard, les beaux vers d'Abraham Ibn Ezra en particulier, me rappelèrent l'influence de grand-mère Tonia sur mes goûts littéraires.

Je me lève matin sonner chez le ministre
Et là on me répond : « Mais son coche est parti. »
Je reviens le soir, aussitôt on me dit
Que déjà sur sa couche il s'endort pour la nuit…
Qu'il monte dans son coche ou qu'il monte en sa couche.
Malheur à l'homme nu, né sans étoile aux nues[1] *!*

J'étais ravi — ce qui n'était généralement pas le cas en cours de littérature, de poésie médiévale en particulier — de découvrir le parallèle établi par l'histoire de la langue hébraïque entre la pureté stylistique d'Ibn Ezra, de la Bible et le discours de grand-mère Tonia, si riche et abscons à la fois.

Voilà comment de la couche royale à Jérusalem en passant par celle du ministre espagnol, j'étais arrivé à la modeste couchette, préparée à Nahalal par ma grand-mère, dans la petite chambre réser-

1. Michel Garel et Masha Itzhaki, in *Jardin d'Éden, Jardins d'Espagne, Poésie hébraïque médiévale en Espagne et en Provence*, Anthologie bilingue, Éditions du Seuil/Bibliothèque nationale, Paris, 1993.

vée aux lévites jouxtant le sanctuaire — les deux pièces condamnées — et le saint des saints, la salle de bains où était enfermé le *sveeper*, l'aspirateur américain.

Combien de fois lui avais-je demandé la permission de le voir, d'admirer les différentes brosses, les têtes, les grandes roues, le tuyau et le chariot brillant dont ma mère m'avait parlé ! Elle refusait toujours. Craignait-elle que je ne veuille me l'approprier ? Grand-mère n'était pas particulièrement généreuse et opposait une fin de non-recevoir quand on lui réclamait quelque chose. « Vous n'hériterez pas tant que je vivrai », rétorquait-elle si on lui demandait un objet dont elle ne se servait pas.

À ce propos, je me rappelle une chope à bière qui enfant excitait ma curiosité, et ma convoitise à l'adolescence. C'était un grand bock en verre épais avec le mot *München* gravé dans le fond. Personne à la maison ni dans la famille n'était buveur de bière. « Ça vient des Allemands », répondit laconiquement grand-mère en réponse à ma question. Voulait-elle parler de Waldheim et Bethlehem, les villages allemands voisins dont les Anglais avaient chassé les habitants pendant la Seconde Guerre mondiale ? Mais lorsque je l'avais priée de me la donner, elle m'avait opposé son sempiternel : « Vous n'hériterez pas tant que je vivrai. »

« Ouvre la porte, s'il te plaît, implorai-je. Je veux juste jeter un coup d'œil au *sveeper*. Je n'entrerai pas, promis !

— Certainement pas. »

Imaginez ma stupéfaction quand, alors que j'effectuais des recherches sur grand-mère et son *sveeper*, j'appris par mon cousin Nadav, le fils aîné de tante Batsheva et d'oncle Arik, qu'il avait réussi à fléchir grand-mère Tonia : non seulement il avait pénétré dans la place, mais en plus, il avait pris un bain.

C'était arrivé longtemps auparavant — il avait dix-sept ans. Il ne s'intéressait pas au *sveeper* qu'il n'avait pas cherché à voir — il est même douteux qu'il ait été au courant de l'histoire. Quoi qu'il en soit, il avait parié avec ma tante que grand-mère Tonia le laisserait utiliser sa salle de bains où personne n'avait jamais mis les pieds. Il avait gagné. Il s'était même prélassé dans la baignoire pendant une heure !

Comme s'y était-il pris ? Nul ne le sait. « Je l'ai convaincue, c'était fastoche ! » me dit-il avec un sourire mystérieux, un rien condescendant, quand je lui demandai des explications.

J'étais vexé et jaloux. Nadav est mon cadet de cinq ans, et j'ai toujours pensé que ce genre de privilège m'était réservé à moi, l'aîné des petits-enfants, avant la ribambelle de ceux qui me suivaient et que je considérais comme quantité négligeable. Je me disais, pour me consoler, que grand-mère ne l'avait pas fait intentionnellement : elle l'avait prié de réparer quelque chose dans la maison, par exemple, et il avait obtenu de prendre un bain en dédommagement.

Contrairement à moi, qui ai hérité de la gaucherie et de la myopie paternelles, Nadav avait l'habileté et la vue perçante de son père et de ses oncles, il était capable de rafistoler ou de fabriquer n'importe quoi à l'intérieur comme à l'extérieur, sans parler des tracteurs et des voitures. Grand-mère l'avait-elle autorisé à se servir de sa baignoire interdite en échange de ses services ? Elle n'est plus là pour le dire. « J'ai réussi à la convaincre », sous-entendu « et pas toi », se borna à répondre mon cousin avec son sourire exaspérant tandis que je m'évertuais à lui tirer les vers du nez.

« Ça veut dire quoi, convaincre ? Tu lui as promis quelque chose ?

— Non, rien du tout.

— Tu l'as menacée ?

— Menacer grand-mère Tonia ? s'exclama-t-il, horrifié. Tu ne me connais pas, ni elle non plus, on dirait.

— Alors tu lui as avoué que tu avais parié avec ta mère et tu lui as proposé de partager, c'est ça ?

— Pas du tout. J'ai employé la persuasion. Quoi que tu en penses, c'était quelqu'un de rationnel. C'est pour cette raison que j'ai pris un vrai bain et que toi, tu te contentes de broder sur la question, tu vois ? »

Je ne relevai pas la dernière pique.

« Et le sweeper, tu l'as vu ?

— Le quoi ?

— Le sweeper. Son aspirateur.

— Inconnu au bataillon.

— Ce n'est pas possible ! Un aspirateur General Electric grand comme une barrique, avec un chariot brillant, des roues en caoutchouc noir et un tuyau d'au moins cinq centimètres de diamètre ? Ta mère ne t'en a jamais parlé ?

— Maintenant que tu le dis, elle y a fait allusion. Elle lui a même demandé de lui en faire cadeau, je crois. »

Les deux sœurs, sa mère et la mienne, avaient prié et supplié leur mère à ce sujet un nombre incalculable de fois.

« À quoi sert-il dans ta salle de bains ? avaient-elles argumenté ? Donne-le-nous. »

Grand-mère leur avait servi son refrain habituel.

« Vous n'hériterez pas tant que je serai en vie. »

« Tu n'as rien vu, tu es sûr ?

— Il y avait un tas de paquets et de cartons, mais pas un truc aussi grand que tu le décris. Tu es bien naïf de croire tout ce que ta mère te raconte. »

Cette discussion amusait mon cousin au plus haut point. Pas moi. Je décidai d'y mettre un terme.

Je reviens au *mishkav* que ma grand-mère m'avait préparé. Malgré la solennité de ses consonnes et de ses voyelles, c'était un vieux lit de fer tout simple, un peu plus grand qu'un lit une place, moins large qu'un lit double, avec trois petits matelas bourrés d'algues posés sur le sommier à ressorts.

J'ai dormi à plusieurs reprises dans cette chambre et sur ce lit. Environ dix-sept ans plus tard, je l'avais même partagé avec Abigaïl, une Américaine dont le rôle dans l'histoire de l'aspirateur grand-maternel vaut son pesant d'or. À l'âge de cinq ans, j'y couchais seul. Sachant déjà lire et écrire, je feuilletais avant de m'endormir de vieux magazines du *Davar* destinés à la jeunesse que l'on conservait sur une étagère depuis l'époque où ma mère, ses frères et sœur étaient petits.

À l'opposé de mes parents, grand-mère Tonia me laissait lire aussi longtemps que je voulais sans m'imposer l'extinction des feux. Le réveil, en revanche, n'était pas triste. À cinq heures et demie du matin, selon un rituel immuable, elle entrait dans ma chambre et retirait brutalement le matelas du milieu. À moitié endormi, hébété, je rebondissais sur les ressorts métalliques du sommier. « *Nu*, debout, puisque tu es réveillé, disait-elle. Je dois faire le ménage. Allez, dépêche-toi, ça suffit de cocotter au lit ! » insistait-elle si je n'obéissais pas sur-le-champ.

Je me levais, et pendant que j'allais me débarbouiller à l'abreuvoir, grand-mère revenait avec un seau et une serpillière. Elle ouvrait grand les fenêtres et les volets, et entamait le nettoyage quotidien. Elle lessivait, essorait la serpillière dans le seau, scrutait l'eau de rinçage à la lumière et s'estimait satisfaite quand elle était complètement claire. Elle tordait le chiffon avec l'intelligence propre aux femmes et le mettait à sécher sur le citrus spécial de grand-père Aharon.

13

Dans les annales d'Eretz Israël, 1936 marque le début des émeutes arabes contre les Britanniques, ainsi que d'autres événements importants qui incitèrent l'oncle Yeshayahou à exercer sa vengeance. J'en ai déjà mentionné un : à Nahalal, cette année-là, les tentes et les baraquements furent remplacés par des maisons en dur, et le village raccordé au réseau électrique, événement rapporté dans le quotidien juif américain que lisait l'oncle Yeshayahou. Grand-mère Tonia saisit d'ailleurs l'occasion de gagner quelques sous en préparant les repas des ouvriers de la Compagnie d'électricité.

D'autre part, la rumeur concernant son obsession de la propreté s'était propagée depuis la vallée de Jezréel en Palestine jusqu'à Los Angeles, en Californie, aux États-Unis d'Amérique, non par la presse juive, mais de la façon dont on colporte les ragots.

Alors voilà… d'après ma mère, cela commença par le circuit de Nahalal avant de courir la campagne, tel un canal d'irrigation. Pour mieux me faire comprendre, maman ouvrit l'atlas de Brawer à la carte de la basse Galilée et des vallées. « Ici, c'est Nahalal, le mont Carmel, le Kishon, le mont Guilboa et Giv'at Hamoreh. Partie de là, la rumeur enfla et envahit toute la vallée. »

Où vivaient à l'époque nombre d'amis de son père, des pionniers des deuxième et troisième *aliyoth* ? À Ein Harod, Kefar Ézéchiel, Kefar Yehoshua, Merhaviya et Tel Adashim. La rumeur gravit le sommet du Carmel avant de gagner la Méditerranée, à l'ouest. Maman referma l'atlas qu'elle remplaça par le petit globe terrestre reçu pour mon anniversaire, car à partir de là, la nouvelle s'était répandue dans le monde entier.

Comment ? Très simplement, à la manière des rumeurs : elles déployèrent leurs ailes, s'élancèrent et survolèrent la mer, la Crète et la Sicile — « les îles à droite, là, tu vois ? » — et circulant de bouche à oreille, d'île en île, elles parvinrent devant le détroit de Gibraltar. Je n'en revenais pas : ce n'était pas tant l'existence des rumeurs qui me surprenait, mais le fait que les histoires de ma mère à propos de la sienne, les contes de mon père sur Charybde et Scylla, Icare et l'Odyssée se déroulaient dans les mêmes lieux, sur le même globe.

Elles traversèrent l'Atlantique jusqu'aux côtes américaines. Elles franchirent les Appalaches, les grandes plaines, la Sierra Nevada, le Far West, jusqu'à ce que le crayon s'immobilise sur la Californie. Il était si aiguisé qu'il se planta dans la fenêtre du bureau d'oncle Yeshayahou, à Los Angeles, juste là.

« Et après ?

— Alors voilà… oncle Yeshayahou était en train de lire un article concernant les maisons récemment construites au village et l'installation de l'électricité. Il compara ces nouvelles aux bruits qui couraient et ferma les yeux, un sourire aux lèvres. Il avait une idée très précise de ce qu'il allait faire. La manie de la propreté de grand-mère Tonia, la nouvelle maison, l'électricité se confondaient dans sa tête. Sa vengeance serait complète : l'oncle décida d'expédier un aspirateur à ses pionniers de frère et belle-sœur ! Un gros appareil électrique très pesant qu'Aharon serait bien incapable de retourner, contrairement aux enveloppes de dollars.

Comme il convenait à un double traître, sa revanche serait double, puisque grand-père ne pourrait renvoyer le cadeau pour deux raisons : primo, il n'avait pas les moyens d'expédier un paquet aussi lourd et encombrant, et secundo, grand-mère Tonia ne l'accepterait jamais. Elle ne pourrait plus se passer de l'aspirateur pour son ménage.

« Nombreux sont les projets au cœur de l'homme, mais c'est le dessein de l'Éternel qui l'emporte », dit maman d'un ton sentencieux. Elle n'était pas croyante, mais connaissait bien la Bible et appréciait la pointe de moquerie contenue dans ce verset. Elle était d'autant plus satisfaite qu'elle connaissait la suite : oncle Yeshayahou avait beau être un homme d'affaires aguerri et rusé, il n'aurait pu deviner que, même si son présent ne lui avait pas été dédaigneusement restitué, il avait été enfermé à double tour, inutilisé, dans la salle de bains. Non par son frère, mais par sa belle-sœur, à qui il était destiné. Pour quelle raison ? J'y reviendrai.

Oncle Yeshayahou se leva, il pria sa secrétaire d'annuler ses rendez-vous de l'après-midi, il coiffa son chapeau — à cette époque, les capitalistes américains, de même que les bourgeois de Tel Aviv, ne portaient évidemment pas de bob, de casquette ni de sac en toile de jute plié en quatre sur la tête — et s'en fut dans un grand magasin d'électroménager dont le propriétaire était originaire de Makarov, comme son frère Aharon et lui-même. « *Gib mir dem grestn, dem shverstn, dem shtarkstn un dem bestn shtoyb-zoyger vos du host* », demanda-t-il.

Je n'en croyais pas mes oreilles. Du yiddish ? Dans la bouche de ma mère ? Son père, je l'ai mentionné, avait cessé de le parler dès qu'il avait mis le pied en Terre d'Israël. « Le yiddish est la langue de l'exil ! » proclamait-il, en veillant hélas à ce que ses descendants n'en connaissent pas un mot. Ma mère était capable de dire une phrase entière ? En fait, je l'appris par la suite, elle s'était rendue chez Moshe le boucher, qui tenait une petite échoppe située près de l'épicerie dans notre quartier, à Jérusalem. « Comment dit-on en yiddish : "Donnez-moi l'aspirateur le plus gros, le plus puissant et le meilleur que vous ayez ?" lui demanda-t-elle.

— Mais pourquoi en yiddish, madame Shalev ? questionna Moshe, sidéré. Vous voulez acheter un aspirateur aux ultra-orthodoxes de Méa Shéarim, c'est ça ?

— Non. »

« Dommage, lui ai-je dit », me confia le boucher, des années plus tard.

« Parce que si vous voulez un aspirateur, madame Shalev, le voisin de mes beaux-parents en vend un à bon prix, je vous assure. Et en plus, il parle hébreu.

— Non, merci, je n'ai pas besoin d'un aspirateur, répéta ma mère. C'est pour une histoire que je raconte à mon fils. »

Le boucher s'exécuta et nota les mots sur un bout de papier.

« Merveilleux, fit-il, positivement ravi. Une fille de pionniers de Nahalal qui raconte une histoire à son fils en yiddish ! »

Le vendeur de Makarov montra à oncle Yeshayahou plusieurs modèles d'aspirateurs parmi les meilleurs et les plus puissants qu'il possédait. « *Gresser ! Gresser ! Shverer ! Shverer !* » brailla l'oncle qui ne les trouvait pas assez gros et lourds à son goût. Avait-il besoin d'un aspirateur industriel pour son magasin de meubles ? s'enquit l'autre. Non, répondit Yeshayahou, il lui fallait l'aspirateur ménager le plus gros, le plus lourd et le plus puissant qu'il possédait.

Oncle Yeshayahou finit par acquérir un *sveeper* General Electric, que le vendeur et lui-même, j'imagine, prononçaient avec un *v* à la place du *w*, le *ee* accentué et le *r* roulé à la russe.

Il paya et demanda qu'on emballe son achat

dans une solide caisse en bois capable de supporter un long et pénible voyage.

« Où l'expédiez-vous ?

— En Eretz Israël, répondit solennellement mon oncle.

— À Jérusalem ?… » balbutia son interlocuteur.

À ce stade, il était clair que Yeshayahou était un traître puissance trois. Non seulement c'était un capitaliste d'Amérique répondant au nom de Sam, mais en plus, il considérait Jérusalem comme une quantité négligeable.

« Même ce *sveeper* ne pourrait pas nettoyer Jérusalem, argua-t-il sèchement. Je l'envoie dans la vallée de Jezréel, si vous voulez le savoir. Mon pionnier de frère a peut-être encore quelques marais à assécher, qui sait ? »

14

J'étais le cinquième descendant du côté de grand-père Aharon, l'aîné de sa première fille, enfant d'un second mariage. Les deux fils d'Itamar et les deux filles de Binya me précédaient.

Pour grand-mère Tonia, j'étais l'aîné de ses petits-enfants. Elle se réjouissait de m'avoir, car j'étais le premier et elle avait enfin le moyen de damer le pion à la descendance de son mari. Moi, je la préférais à grand-mère Tsippora et à grand-père Aharon (je n'ai pas connu mon grand-père paternel Méïr, disparu avant ma naissance), et négligeais le portrait calamiteux que ses voisins et parents dressaient d'elle.

Elle ne se répandait pas en reproches ni récriminations et m'entourait d'amour. Elle ne me demandait pas non plus de faire le ménage, ne retardait pas la pendule afin que je lave les sols avant de partir en retard à l'école, et elle ne me forçait pas davantage à sécher les cours pour secouer les tapis et lessiver les murs. Ses exigences à mon égard étaient sensées et pas du tout exorbitantes : défense d'entrer dans la maison, défense de salir, défense d'érafler les cloisons, lui rapporter de l'étable « des pigeons pour le déjeuner » — pas pour les inviter à partager notre repas —, ne jamais me rendre quelque part les mains vides ; je devais porter de petits paquets d'ordures sur le tas defumier et, tant que j'y étais, en repartir avec du lait, des œufs, les prunes tombées de l'arbre dont elle faisait des confitures.

1940, (de gauche à droite) Micha juché sur Ah, grand-père Aharon, grand-mère Tonia enceinte de Yaïr, Batya, Menahem et Batsheva, les jumeaux.

Autant de faits avérés, de sentiments et de souvenirs inaltérables. En outre, il me faut le répéter, le même événement se décline chez nous en plusieurs versions qui, si elles coexistent parfois harmonieusement, peuvent aussi engendrer des frictions. Et même si nous sommes des agriculteurs pour la plupart, nous ne savons pas toujours distinguer le bon grain de l'ivraie, la crème des histoires du lait maigre des faits bruts. Certains se sentent plus concernés par « combien de rangs comportait la première vigne » que par « qui était le fils préféré », « lequel avait été le souffre-douleur de grand-mère Tonia » ou par les histoires d'amour des uns et des autres. Voilà pourquoi je redoute que ce livre-ci déclenche d'âpres querelles, voire un tumulte de protestations, ce qui, dans le lexique familial, se traduit par « on va encore se crêper le chignon ».

Il y avait à cela un précédent : mes oncles et tantes avaient organisé une petite fête à Nahalal pour la publication de mon premier livre, *Que la terre se souvienne.* Ma mère et moi nous y étions rendus avec enthousiasme pour découvrir une sorte de cour martiale. Certains de mes proches avaient cru retrouver dans mon roman des bribes d'histoires vraies et des personnages familiers. On m'attendait de pied ferme : j'allais devoir me défendre et justifier chaque paragraphe où je n'avais pas dit la vérité, et, pire encore, ceux où je l'avais dite.

À ma grande surprise, l'oncle Menahem fumait une énième Noblesse en gardant un silence poli.

« J'ai quelque chose à déclarer, annonça-t-il en se levant, vers la fin de notre petite réunion.

— À quel sujet ? fis-je non sans inquiétude, sachant qu'il pouvait être parfois brusque et agressif.

— À propos de l'âne qui savait voler. »

Entre autres personnages figurait dans mon roman un âne nommé Katchka qui, la nuit, quittait son étable en Palestine pour se rendre par la voie des airs à Buckingham Palace, où il discutait avec le roi d'Angleterre sur la question des pionniers juifs en Terre d'Israël et l'avenir du sionisme. Je m'étais rappelé une merveilleuse histoire que l'oncle Menahem me racontait quand j'étais petit — avant ma naissance, ils possédaient une ânesse appelée Ah, l'animal le plus futé et « brillant » de la vallée de Jezréel, voire de la terre entière. Chacun y allait de son commentaire à propos de son intelligence et de son ingéniosité. Elle était si maligne, disait oncle Menahem, qu'elle était capable d'ouvrir la porte de l'étable dûment verrouillée.

« Alors voilà..., poursuivit mon oncle. Elle ouvrait le verrou avec un bout de fil de fer, et une fois dans la cour, elle regardait à droite (Menahem tourna la tête à droite), et à gauche (il tourna la tête à gauche d'un air passablement abruti), et après avoir vérifié qu'il n'y avait personne, elle déployait et remuait les oreilles comme ceci, puis elle se mettait à galoper à toute vitesse... » (oncle Menahem agita les bras et cavala à travers la cour comme un pantin désarticulé, imitant un âne prenant son essor), et elle s'élevait dans le ciel.

« Et alors ? Je ne vois pas le rapport avec l'âne volant de mon livre.

— Je vais te le dire. L'histoire n'est pas vraie, il est là, le rapport. »

Je n'avais plus envie de rire.

« Je sais que ce n'est pas vrai. Déjà à cinq ans, quand tu me parlais de Ah, j'avais deviné que les ânes, les mâles comme les femelles, ne volaient pas. Mais l'histoire me plaisait, c'est pourquoi j'ai décidé de l'inclure dans mon livre.

— Tu ne comprends rien ! s'emporta-t-il. Hier pas plus qu'aujourd'hui. Tu te trompes sur toute la ligne. Ah a bel et bien volé, mais pas pour se rendre à Londres discuter avec le roi ! Non, elle partait à Istanbul pour bavarder avec le sultan turc.

— À l'époque où l'ânesse est née, il n'y avait déjà plus de sultan, objecta ma mère.

— Qu'est-ce que ça change ? s'énerva Menahem. Tu ne vois pas qu'il s'agit d'une histoire ? »

Oncle Menahem était un conteur hors pair — certains de ses récits étaient véridiques, d'autres forgés de toutes pièces. C'était un agriculteur surchargé de travail qui n'avait guère le temps de lire ni d'écrire. Pourtant, sans le faire exprès, il me donna une belle leçon que je n'ai jamais oubliée. Dans le présent ouvrage où je retrace l'histoire de personnes ayant réellement existé, il continue à me guider et à éclairer ma lanterne. En fait, aussitôt répandue la nouvelle que l'histoire du sweeper de grand-mère Tonia, d'après la version maternelle, était le sujet de mon nouveau roman, trois autres variantes me parvinrent sans délai — je parlerai de la première, quant aux deux autres, je mettrais ma main à couper qu'elles furent inventées pour les besoins de la cause. J'adopterai donc celle de ma mère qui commence avec l'arrivée de son père en Terre d'Israël et le départ de son oncle en Amérique.

Nouveau prétexte pour m'emprunter mon globe terrestre. Je me demande parfois si elle me l'avait acheté afin que j'apprenne la géographie ou pour lui permettre de me raconter ses histoires de famille. Elle le posa sur la table et le fit tourner d'une main en indiquant de l'autre avec un crayon jaune la Russie, l'Europe, l'océan Atlantique et les États-Unis.

« Ici, c'est l'Ukraine d'où ils venaient, expliqua-t-elle. Voilà la mer Noire. Grand-père Aharon a parcouru à pied la distance entre Makarov et Odessa — d'ici jusque-là, tu vois ? — avec des camarades de Makarov, Sneh et Benyakov. »

Benyakov, alias Ben-Yaacov, Yitzhak Ben-Yaacov du kibboutz Degania, dont ma mère, ses frères et sœur prononçaient le nom en imitant l'accent de leurs parents.

« Grand-père Aharon, Nahum Sneh et Benyakov — on les appelait le trio de Makarov, précisa-t-elle fièrement — arrivèrent à Odessa. De là, ils embarquèrent pour Istanbul — l'accès à la mer Noire, tu vois ? — et ensuite pour Jaffa, ici, en Eretz Israël.

« Pendant ce temps, le grand frère de mon père, l'oncle Yeshayahou — le crayon revint en Ukraine — prit le train à Kiev pour le port allemand de Hambourg. Il traversa la Manche, l'océan Atlantique, et arriva en Amérique pour faire des affaires, conclut-elle avec une moue de dégoût.

« "Des affaires", en d'autres termes, l'occupation favorite des banquiers, des commerçants et des colporteurs, dont il y avait pléthore en diaspora, alors qu'ici, en Terre d'Israël, nous avions besoin de cultivateurs, d'ouvriers, de professeurs, de soldats et de savants. »

Ma mère vouait aux « spéculateurs », qui négociaient des actions et des biens fonciers, une aversion si féroce qu'elle m'interdisait le Monopoly, ce jeu où les femmes des marchands de biens exploitaient les travailleurs, pressuraient les ouvriers, mâchaient du *chinga* et avaient les mains manucurées, pendant que leurs époux achetaient et vendaient les terrains appartenant au domaine public sur lesquels ils édifiaient des hôtels destinés à des financiers et autres capitalistes, tout ce beau monde guettant la hausse des prix pour louer, investir et s'enrichir.

« La terre, c'est fait pour semer, planter, construire, labourer et récolter, pas pour acheter, vendre et gagner de l'argent sans rien faire ! » répétait-elle à cor et à cri. Elle attendit que ma sœur eut grandi pour réhabiliter le Monopoly dans ses droits et y jouer avec nous, quelques années plus tard. Malheureusement pour nous — et à sa grande honte —, elle était une spéculatrice née, dotée d'une audace et d'une chance folles. Ses propriétés envahissaient le plateau et ses gains grossissaient à vue d'œil, alors que nous, les enfants, passions le plus clair de notre temps ruinés et en prison.

Revenons-en au moment où l'oncle Yeshayahou acheta le *sweeper* à son compatriote, à Los Angeles : contrairement à moi, ma mère avait observé l'appareil et était capable d'en donner une description précise voire, selon la coutume familiale, plus vraie que nature.

Il possédait « un chariot brillant de la taille d'un tonneau ».

Il était « gros comme une vache et silencieux comme un chat ».

Monté sur « quatre larges roues en caoutchouc noir facilitant les déplacements ».

Muni d'« un long tuyau noir, épais et flexible, sur lequel s'adaptaient "différentes têtes" que l'on pouvait compter sur ses doigts ».

Une tête spéciale sols.

Une tête spéciale tapis.

Une tête spéciale rideaux.

Une tête spéciale canapés.

Une tête spéciale fauteuils.

Plus une autre pour les petits tiroirs et encore une autre pour les grands. Certaines étaient même pourvues d'une brosse et, n'ayant alors jamais vu d'aspirateur de ma vie, je croyais que c'étaient des têtes pour de vrai, avec des bouches suceuses béantes et une crinière hérissée.

Grand-père Aharon comme son frère aîné, je l'ai signalé, étaient très doués pour les paquets. Oncle Yeshayahou plaça donc le sweeper et sa boîte en carton enveloppée de toile dans une caisse en bois tapissée de chiffons, de journaux et de sciure, il l'arrima avec du chatterton et remplit les espaces vides avec une nouvelle couche de chiffons, de journaux et de sciure. Après quoi, il referma le couvercle et appela un de ses ouvriers pour clouer des ferrures autour du cadre.

Cela fait, oncle Yeshayahou l'envoya acheter dans une quincaillerie un bidon de peinture à l'huile noire, une petite brosse et les lettres pochoir A, D, E, V, H, I, T, L, N, O, P, S, U en laiton et, à son retour, il lui demanda de tracer deux inscriptions sur la caisse.

Ma mère en nota une sur un bout de papier, au-dessous de la liste des lettres :

SAVTA TONIA
NAHALAL
PALESTINE

L'autre, THIS SIDE UP, était destinée à empêcher le sweeper de voyager à l'envers au risque d'avoir mal à toutes ses têtes en même temps et de se sauver à son tour.

La première fois que j'ai entendu cette histoire, j'avais six ou sept ans, et ces treize lettres étaient les premiers caractères latins que je voyais. Voilà comment les mots inscrits par oncle Yeshayahou sur le conteneur et par ma mère sur la feuille de papier devinrent ma pierre de Rosette grâce à laquelle j'appris à lire l'anglais.

À l'aide des lettres formant le nom du village, celui de grand-mère et « Palestine », dont maman m'expliqua le sens, je réussis à déchiffrer les stations gravées sur le cadran en verre de notre vieille radio : SOFIA, BERLIN, PARIS, ROME, ISTANBUL, etc. Et comme je les connaissais pour les avoir lues en hébreu sur mon globe terrestre, et que certaines représentaient la destination de Ah l'ânesse, je n'eus aucun mal à apprendre l'alphabet au complet.

L'identité et l'adresse du destinataire, « grand-mère Tonia, Nahalal, Palestine », m'incitèrent à croire que tout le monde la connaissait en Amérique, au même titre qu'à Nahalal et dans la vallée de Jezréel. Non, la réputation de ma grand-mère avait des limites, m'expliqua maman. Les noms du pays et du village étaient indiqués sur la caisse afin que, à son arrivée à Nahalal, il n'y ait aucun problème : ici, tout le monde la connaissait, car elle était unique, ma grand-mère.

15

Généralement, lorsque le héros d'un roman s'en va, ses comparses le quittent avec tristesse ou enthousiasme, selon les cas, ils l'escortent à la gare, à l'aéroport ou nulle part. C'est aussi vrai pour les lecteurs et les auditeurs d'un récit de voyage, avides d'en connaître l'itinéraire et l'aboutissement, sans parler des raisons qui l'ont motivé, même si elles sont souvent obscures.

Les tribulations de l'aspirateur entre Los Angeles et Nahalal décrites par ma mère n'avaient rien à voir avec les histoires que me racontaient mes parents ou que je lirais par la suite — Jacob le patriarche, *Lassie chien fidèle*, l'*Odyssée*, les aventures des capitaines Hatteras, Achab et Grant — parce qu'il ne s'agissait pas d'un être humain imaginaire, mais d'un objet bien réel, fait de métal, de plastique, de caoutchouc et de toile. Quoi qu'il en soit, cela ne diminuait en rien l'intérêt de l'auditeur comme de la narratrice, l'âme qu'elle insufflait à son personnage, les nombreux détails dont elle enjolivait l'intrigue. Elle avait le chic pour donner chair à la saga familiale afin de recréer la réalité.

Donc, une fois le cadeau d'oncle Yeshayahou acheté et dûment emballé, il fut chargé sur un camion rouge — en Amérique, les camions étaient légion, le plus souvent rouges, pas comme nous avec notre malheureux Mack Diesel vert — puis convoyé dans une grande gare comptant des dizaines de voies, contrairement à la nôtre qui n'en possédait qu'une.

On le transborda ensuite dans un train de marchandises qui circula le long d'une ligne imaginaire jaune traversant les États-Unis d'ouest en est. Dans ce wagon, il voisinait avec d'autres paquets, caisses et cartons contenant divers outils, marchandises, vêtements et appareils, voire d'autres aspirateurs dont aucun n'effectuerait un tel périple — pas par mesure de représailles, en tout cas, mais dans le seul et unique but pour lequel ils avaient été conçus : le nettoyage.

Le sweeper embarqua sur un grand navire dans le port de New York — « ici, exactement » — et alors qu'il se balançait au bout d'un câble suspendu au crochet d'une grue avant de descendre dans les entrailles du bateau sous le pont, il perçut les cris des mouettes et les signaux des remorqueurs. N'aurait-il pas été enfermé dans sa caisse qu'il aurait pu voir la statue de la Liberté, les gratte-ciel, les passagers en habit et chapeau claque, le capitaine dans un uniforme éclatant et fraîchement repassé, sa manche immaculée ornée de quatre galons dorés.

À la sirène du départ se mêla le vacarme des pistons et des moteurs, le cliquetis des chaînes qu'on enroulait, des vibrations totalement inconnues à notre aspirateur qui, habitué aux mouvements horizontaux et fluides, tanguait tant et plus, ballotté par la houle. Après un moment de panique, il se calma et finit par s'y habituer, non sans plaisir. Il identifia les pas des danseurs martelant le parquet de la salle de bal, sentit l'air du large, la fumée crachée par les hautes cheminées, et en entendant de nouveau les clameurs des mouettes et des sirènes, il comprit qu'ils venaient de rallier un autre port. Rotterdam, en Hollande, à l'autre bout de l'Atlantique. Le crayon jaune s'y déplaça en même temps après avoir franchi la mer plus vite que n'importe quel avion ou bateau.

Ayant pris congé du capitaine chamarré, l'aspirateur se retrouva dans un autre convoi de bonne taille, pas aussi vaste que l'autre, l'américain qui l'avait conduit de Los Angeles à New York, mais plus grand en tout cas que le nôtre reliant Jérusalem à Haïfa.

Ce convoi l'emporta dans la capitale de la France — « Paris, là, tu vois ? Sache que c'est la patrie de *Patapoufs et Filifers*, d'Antoine de Saint-Exupéry » — ma mère adorait *Le Petit Prince*, et moi, à la grande satisfaction de mon père, un peu moins —, « où les gens boivent du champagne et du cognac, se nourrissent de grenouilles et d'escargots. Entre parenthèses, c'est à Paris que Nahum Gutman, l'auteur de *Lobengoulou, roi des Zoulous*, étudia à l'Académie des beaux-arts. Là, l'aspirateur prit la correspondance pour Marseille — comme nous quand nous changeons à Lod —, au bord de la Méditerranée, juste ici ».

« La Méditerranée, c'est notre mer à nous, précisa maman non sans fierté. À Marseille, ajouta-t-elle, l'aspirateur, devenu entre-temps un vieux loup de mer, monta à bord d'un bateau plus petit — le capitaine avait la taille d'un mât et le cuisinier était rond comme un tonneau — qui franchit la mer avant d'accoster à Haïfa — tout comme nous, lorsque nous effectuons le trajet de Jérusalem à Nahalal. »

Et voilà comment, à son insu, le sweeper accomplit ce que l'oncle Yeshayahou aurait dû faire : il immigra en Terre d'Israël, même s'il s'y retrouva par esprit de vengeance fraternelle et non pour nettoyer la patrie ancestrale du peuple juif. Et en étant le premier aspirateur de la vallée de Jezréel, voire de toute la communauté juive de Palestine, il joua un rôle pionnier sans le savoir.

Le Haut Commissaire britannique devait en posséder un en son palais de Jérusalem, mais — ce « mais » trahissait un certain mépris pour le Haut Commissaire, sa fonction et son palais itou — c'était un aspirateur anglais, plus petit et moins performant que l'appareil américain de grand-mère Tonia, et donc la comparaison s'arrêtait là.

À présent que le sweeper avait débarqué en Eretz Israël, nous remballions le globe terrestre pour reprendre l'atlas de Brawer. Quant au crayon jaune, il fit lui aussi ses adieux aux vastes océans et aux immenses continents lointains pour retourner à la carte de « la basse Galilée et des vallées » qui n'avait aucun secret pour lui comme pour moi, et où il pouvait tranquillement pointer la baie de Haïfa.

Une fois à quai, notre sweeper comprit instantanément qu'il n'était plus à New York ou Rotterdam, ni même à Marseille. La chaleur était accablante, les odeurs entêtantes, les sons et la langue étranges, sans parler bien sûr de la poussière, son ennemie jurée, qui avait déjà lancé l'assaut et était parvenue à s'infiltrer sournoisement par les interstices de la caisse. On aurait dit le frôlement d'un millier de doigts, mais il ne se démonta pas pour autant. De la poussière ! Quel heureux hasard, songea-t-il. Je vais t'aspirer et te liquider, tu vas voir ! Les grains continuaient imperturbablement de tourbillonner avant de retomber et s'accumuler en myriades de particules rongées par la peur.

Un autre Makarovite, dont maman ignorait le nom, était venu l'accueillir en vue d'accomplir ce que ses compatriotes font partout dans le monde : s'entraider. Il s'occupa du déchargement de l'appareil et des formalités douanières garantissant le transit d'un engin électrique d'un pays à un autre, et après l'avoir hissé sur une charrette branlante tirée par un cheval poussif, il le transporta à la gare, tandis que le sweeper remerciait in petto oncle Yeshayahou pour l'avoir si bien protégé, car la route était creusée de profondes ornières, telles qu'il n'en avait jamais vu.

C'est le moment de préciser que, contrairement aux voyageurs débarquant en Orient pour la première fois, l'aspirateur de ma grand-mère n'avait éprouvé ni frayeur, ni fascination, ni dégoût, mais, à l'image des fortes personnalités, il affichait une tranquille assurance, une confiance inébranlable en ses capacités. Il ne craignait ni la chaleur, ni les cahots, la saleté ou la poussière. Qu'on le branche à une prise électrique, et il allait leur montrer de quel bois il se chauffait !

À la gare appelée aujourd'hui « Haïfa Est », on déchargea la charrette et on le transborda dans l'un des wagons du « train de la Vallée », qui ne circule plus aujourd'hui que dans la mémoire des conteurs. Le train siffla faiblement et s'ébranla cahin-caha. Il portait fièrement son nom, me dit ma mère, même si les tortues le doublaient sans peine, sans parler des escargots dans les montées.

La voie ferrée suivait le lit du Kishon, le torrent où s'enlisèrent les chars de Sisera et dont les eaux formaient les marais de Jezréel, que grand-père Aharon et ses camarades s'épuisèrent à assécher. Et ainsi, pour la première fois de l'histoire du Qishon — qui crut avoir la berlue —, après tant de soldats, de pionniers, de marchands et de rois, un aspirateur longea ses rives.

Le crayon jaune se promena entre la rivière et le mont Carmel, il s'attarda au pied de la Muhraqa puis s'élança vers les vastes espaces de la plaine de Jezréel. De joie, la locomotive lâcha un jet de vapeur en sifflant, tandis que la pointe du crayon se plantait sur la station de Tel Shamam, à Kefar

Yehoshua — il était si aiguisé qu'il en perfora le K en son milieu.

À Tel Shamam l'attendaient les représentants de la famille, reprit maman : Whitey notre cheval et l'oncle Yitzhak.

16

J'ai déjà parlé de mes oncles, Yitzhak et son frère Moshe, et peut-être même de leurs épouses, la Haya d'Yitzhak et la Haya de Moshe. Ils vivaient à Kefar Yehoshua, le mochav voisin, avec leurs fils et filles, deux d'entre elles se prénommaient Batya, comme ma mère, en souvenir de notre aïeule de Rokitno en Ukraine — je ne l'ai pas connue mais, à ce que je sais, c'était une maîtresse femme, grande et belle, disparue quelques années après son arrivée en Palestine et enterrée à Nahalal.

Maman aimait beaucoup ses oncles et ses cousins, qu'elle appelait *kichouim*, courgettes. C'était surprenant car elle détestait ce légume, lequel, à mes yeux, avait une consonance péjorative. On surnommait ainsi tous les habitants de Kefar Yehoshua sans distinction, répondit-elle à ma question. Parce qu'ils étaient méchants ? Non, à cause de la pointe du crayon, s'esclaffa-t-elle.

Que je vous explique : il n'y avait pas assez d'espace sur la carte de la basse Galilée et des vallées dans l'atlas de Brawer pour écrire « Kefar Yehoshua » en entier, mais seulement en abrégé : « K. Yehoshua ». Dans la bouche des villageois, qui n'en rataient pas une, c'était devenu *ki-chou*[1], *kichouim* au pluriel, un pied de nez montrant une condescendance méprisante et dédaigneuse.

Plusieurs familles de Nahalal avaient des amis ou des parents à Kefar Yehoshua. Le shabbat était le jour des visites, de Nahalal à Kefar Yehoshua et inversement. Inutile de préciser que nous préférions la première option. Primo, ne craignant plus la saleté qui risquait de s'infiltrer dans sa maison, grand-mère Tonia changeait radicalement son comportement et apparaissait souriante et détendue chez ses frères. Secundo, à cause de la promenade à travers la campagne, en charrette à cheval. J'avais participé à plusieurs reprises à ces virées familiales, et aujourd'hui, ayant bourlingué aux quatre coins de la planète, parfois dans des conditions extrêmes, je dois reconnaître que nulle part ailleurs je n'ai connu la griserie de ces excursions aventureuses à Kefar Yehoshua, chez mes oncles Yitzhak et Moshe.

Immédiatement après la traite du matin, on se mettait sur son trente et un, on attelait Whitey, on disposait dans la voiture des sacs vides en guise de sièges, et on prenait la route. D'abord, on entamait la longue descente jusqu'aux champs en passant devant les deux palmiers, à Ein Sheikha — l'un qui

1. Kichou (pl. kichouim) : « courgette » en hébreu.

se dressait haut dans le ciel est toujours là, l'autre tout tordu a fini par tomber. En chemin, grand-père nous racontait l'assèchement des marais, et puis tout le monde entonnait sa chanson fétiche, la même qu'en ces temps lointains, quand mes oncles, petits garçons, effectuaient le même trajet. Menahem agitait le fouet au-dessus de l'échine du cheval, tandis que grand-père se mettait à chanter :

Allez, hue, Whitey, allez !
Ne t'avise pas de lambiner
Ou tu tâteras du fouet !

Je scrutais les environs en quête d'animaux, auxquels je vouais une véritable passion. Des mangoustes d'Égypte croisaient furtivement notre chemin avant de ramper sous le couvert des buissons. Pendant la saison de nidification, des vanneaux à éperons plongeaient sur nos têtes avec des cris perçants, alors que des alouettes rasaient le sol en feignant d'être blessées pour nous inciter à les poursuivre et nous éloigner de leurs petits, blottis dans le nid caché dans l'herbe. L'été, vifs comme l'éclair, des serpents noirs traversaient le sentier, et nous avions quelquefois la chance d'apercevoir un oiseau élégant portant le drôle de nom de vanneau huppé.

L'apogée du voyage consistait dans la traversée de l'oued, parfois réduit à un simple filet d'eau vive peuplée de grenouilles, de crabes de rivière et autres têtards dont se nourrissaient les chats sauvages. Aujourd'hui encore, on peut se rendre de

Nahalal à Kefar Yehoshua à travers champs par une route de gravier débouchant sur un ponceau de ciment, enjambant le torrent. À l'époque, c'était un chemin de terre que l'on franchissait non sans appréhension. Si la carriole s'enlisait dans la boue du ruisseau, tout ce beau monde endimanché devait sauter à terre et pousser la voiture dans la gadoue. En cas d'échec, quelqu'un se dévouait et allait chercher de l'aide.

Whitey n'aimait pas beaucoup l'oued qu'il rechignait à passer. « On laisse tomber et on retourne à la maison ? » avait-il l'air de dire. Ou encore : « Hé, les gars, il serait temps de se demander pourquoi c'est toujours moi qui me coltine tout le boulot, le shabbat ? » Quoi qu'il en soit, malgré l'affection, l'estime et le respect qu'on vouait à Whitey pour sa participation à l'effort général, il devait savoir se tenir, n'est-ce pas ? Grand-père le remettait à sa place en ronchonnant. Oncle Yaïr claquait de la langue pour l'exciter, émettant la bouche fermée un galimatias de consonnes et de voyelles incompréhensibles. Je l'imitais à mon tour. Brusquement, on aurait dit que Whitey se rappelait les allusions à peine voilées à propos du fouet de la chanson de grand-père, car il se mettait à avancer à contrecœur. Ses pattes avant piétinaient dans le ruisseau, celles de derrière suivaient et il bandait les muscles de son large arrière-train. « Hue » ! « *Oudroub !* » criait-on au rythme de ses sabots dérapant sur l'autre rive. Là, soit il parvenait à gravir le raidillon, soit il nous fallait remettre pied à terre pour remorquer la charrette.

Une fois la traversée effectuée, nous entreprenions une longue ascension et parvenions enfin à Kefar Yehoshua où nous tournions à gauche. Whitey redressait la tête en trottant allègrement, car il savait que le voyage touchait à son terme. Moi, j'étais angoissé par la perspective des retrouvailles avec Moshe — il aimait tellement embrasser les gens qu'on le surnommait « Tonton Smack ».

Il faut dire à sa décharge qu'il se jetait au cou de n'importe qui. Hommes, femmes, adultes, enfants, nul n'échappait à ses gros baisers sonores. « Ton oncle est très gentil, me répétait ma mère à chaque visite. Laisse-toi faire. Un bisou ou deux, c'est vite passé et tu n'y penseras plus. »

Oncle Moshe et oncle Yitzhak étaient voisins. Les pavillons du village partageaient un accès commun qui se divisait ensuite en deux tronçons menant vers chaque propriété. Whitey, qui connaissait le chemin, tournait dans l'allée en proie à un conflit intérieur. Là encore, il y avait deux versions. Selon la première, la ration d'orge que lui offrait l'oncle Yitzhak était plus copieuse que celle de son frère Moshe, un peu gêné aux entournures. D'après la seconde, oncle Moshe, plus charitable et généreux qu'Yitzhak, un homme strict et sévère, donnait une double ration à notre cheval. Seul à connaître la vérité, l'animal ne peut pas trancher, n'étant plus de ce monde. Mais en ce temps-là, il savait parfaitement quel était son intérêt et, parvenu à l'embranchement, il ne se trompait jamais.

Grand-mère Tonia était en perpétuel conflit avec ses frères, chacun son tour. « Il n'est plus mon frère », clamait-elle rituellement. Whitey et sa pitance ne l'intéressaient guère, vu qu'elle ne se préoccupait que de sa petite personne. Raison pour laquelle, à chaque visite, elle incitait le cheval à bifurquer vers la demeure du frère ayant ses faveurs cette semaine-là. Grand-père Aharon, près de ses sous et préférant que son cheval mange à sa faim gratis, ne l'entendait pas de cette oreille et tirait sur les rênes dans la direction opposée.

Un jour, il se produisit un drame : grand-mère dirigea Whitey vers la maison d'Yitzhak, tandis que grand-père et le cheval s'en allaient de l'autre, ou le contraire, selon les versions. Il faut signaler que grand-mère Tonia était une forte personnalité, aussi volontaire que deux autres réunies (grand-père et le cheval). Le timon percuta le poteau de béton délimitant la frontière entre les deux maisons. Mon oncle Yaïr, alors très petit, fut projeté hors de la voiture et atterrit entre les pattes arrière du cheval et les roues avant — c'est un vrai miracle s'il s'en tira sans être piétiné ou écrasé.

Le voyage s'acheva sans encombre et nous arrivâmes à bon port. Les oncles et leurs familles ne manquèrent pas de nous accueillir. Moshe se précipita, la bouche en cœur, son frère Yitzhak souriant aimablement sur ses talons. Ces deux-là ne se ressemblaient ni physiquement ni au niveau du caractère. Moshe avait une épaisse tignasse, le cœur tendre et un tempérament fougueux.

Yitzhak, la calvitie naissante, était plus calme et mesuré. Moshe était un visionnaire, un idéaliste qui entretenait une correspondance avec Levi Eshkol, le troisième Premier ministre d'Israël, et David Ben Gourion. Son frère avait l'esprit pratique, il agissait avec prudence et discernement. Ils se querellaient souvent. Les disputes familiales étaient réservées à grand-mère Tonia, entre eux, c'était avant tout une question de principe, non seulement qualitativement mais aussi quantitativement, car des principes, comme des cheveux, « Moshe en avait en quantité ».

Grand-mère Batya et grand-père Mordechaï Tsvi.

D'après ma mère, ils avaient une drôle de façon de se rabibocher. Par manque de temps, car débordés de travail, ils couraient — littéralement — de

Kefar Yehoshua à Nahalal sans échanger un seul mot. Arrivés à destination, ils ralentissaient l'allure pour permettre à leur sœur de les rejoindre, puis tous trois se rendaient au cimetière. Là, sur la tombe de grand-mère Batya, ils réglaient leur différend avec force récriminations, accusations, hurlements et crises de larmes. Après quoi, ils s'étreignaient, s'embrassaient, se réconciliaient et versaient encore quelques pleurs avant de retourner au village au galop. Ensuite, ayant un surcroît de besogne en retard, les frères se dépêchaient de repartir.

« Ils ne se parlaient pas davantage au retour, conclut maman.

— Mais ils avaient fait la paix ! objectai-je, perplexe.

— C'est vrai, mais ils étaient si fatigués qu'ils n'avaient plus la force de courir et bavarder en même temps. »

À Kefar Yehoshua, nous prenions un solide petit déjeuner tardif composé de pain frais, de salade, de fromage, d'olives, d'œufs et aussi, parfois, de carrés tremblotants de *kholodets*, pied de veau en gelée au citron et à l'ail — un vrai délice dont je ne me lasse pas aujourd'hui encore. Chez nous, à Nahalal, nous mangions pratiquement la même chose le shabbat, mais la salade n'était pas préparée tout à fait pareil, la poêle n'avait pas la même dimension, ni le pain le même goût et l'on y fabriquait le fromage autrement.

La Haya de Moshe et celle d'Yitzhak coupaient le pain exactement comme grand-mère Tonia, la miche pressée sur leur cœur avec les mêmes gestes amples et sûrs. « Attention au couteau, mamie ! » m'exclamai-je un jour, effrayé à l'idée qu'elle se blesse. Fou rire général. « C'est le couteau qui doit faire attention à grand-mère, pas le contraire », me rassura Yaïr.

Le petit déjeuner était prétexte à des histoires sans fin, des débats politiques, des conversations à bâtons rompus, des souvenirs. On y évoquait par exemple le Mouvement des mochavim, le Hapoël Hatsaïr ou le Poaleï Tsion, les moujiks ukrainiens et les koulaks — en d'autres termes, les paysans et les propriétaires terriens actuels —, les différents partis des travailleurs, le Mapaï, le Mapam, l'Ahdout Ha'avoda, les ouvriers salariés, l'entraide. On abordait des questions moins épineuses, telles les plantations : fallait-il tailler à deux ou trois yeux, par exemple ? Les vaches : deux traites par jour ou trois ? Le sujet de prédilection était de savoir qui avait dit quoi à qui, ou qui avait fait quoi à qui dans les chroniques familiales.

On arrosait les rires, les cris et les anecdotes de thé brûlant versé d'un samovar au-dessus duquel était placé un petit récipient rempli de concentré. « La théière ne s'épuisera pas », commentait grand-père, paraphrasant le livre des Rois[1]. « Et la cruche de concentré ne tarira pas », renchérissait oncle Moshe. Les deux bouilloires fournissaient des litres de breuvage fumant qui désaltérait les gorges et attisait la polémique.

1. II Rois, XVII, 14.

Deux sortes de douceurs accompagnaient le thé : la *varenié*, le plus souvent de la confiture de raisins avec des morceaux (« qui avait les moyens de se procurer des fraises ? » remarqua tante Batsheva en lisant les épreuves de mon roman) et des « queues de hareng », que grand-père — comme moi aujourd'hui — préférait à toutes les sucreries du monde.

Grand-père nous raconta une histoire sur le hareng, qu'il appelait *seljodka* : dans la boutique familiale, autrefois, « là-bas » à Makarov, en Ukraine, « nous vendions des articles pour le corps, pour l'âme et pour entre les deux ». « Les articles pour le corps étaient les haches, les pioches et les bottes destinées aux paysans ukrainiens, précisa grand-père quand je lui posai la question. Ceux pour l'âme étaient les *taliths*, les châles, les *téfillines*, ou phylactères, et les livres de prières des juifs. »

Il marqua une pause et me fixa du regard pour que je l'interroge sur les articles du milieu.

« Grand-père, et les articles du milieu, c'était quoi ?

— Ceux du milieu, c'était la *seljodka*, le hareng, réservé à l'âme et au corps à la fois. »

On mangeait, on buvait, on se racontait des histoires, on riait, on se fâchait, on se chamaillait — tout le monde sauf grand-mère qui n'avait pas de temps à perdre. Elle prenait Moshe, ou Yitzhak, à part pour une petite conversation entre quatre yeux et déversait son fiel à propos de ce qu'il lui avait dit ou fait. Ses belles-sœurs, la Haya de Moshe et celle d'Yitzhak, avaient droit au même traitement à tour de rôle.

Malgré la pluie de baisers dont nous gratifiait oncle Moshe, je préférais déjeuner chez lui plutôt que chez son frère, car les conversations étaient plus intéressantes, plus animées, les histoires plus captivantes, et parce que Moshe m'acceptait tel que j'étais — il ne raillait pas ma peur des chevaux ou des veaux, et, loin de se moquer de mon inaptitude aux travaux de la ferme, il respectait l'intérêt que je manifestais déjà pour les livres et la Bible.

Il avait beau être socialiste dans l'âme, il ne critiquait pas les manières citadines de papa et ne lui reprochait pas non plus son passé au Etzel[1], car il admirait ses poèmes. Un jour, oncle Yitzhak m'avait affirmé qu'avec un père révisionniste incapable de rien faire de ses dix doigts, je ne serais jamais un vrai mochavnik. Je digérai mal l'insulte, vu que, enfant, je croyais que devenir un mochavnik était l'idéal auquel tout homme devait aspirer.

Des années plus tard — j'étais adulte et oncle Moshe nous avait quittés depuis longtemps — je rendis visite à Yitzhak. Il ne travaillait plus à la ferme ni au rucher et passait ses journées à fabriquer des maquettes extraordinairement précises de carrioles, charrues et autres bâtiments agricoles qui lui rappelaient son enfance à Rokitno. Il me les montra les unes après les autres en les désignant par leurs anciens noms, que les Russes d'aujour-

1. Organisation militaire nationale liée au mouvement sioniste-révisionniste avant la création de l'État d'Israël.

d'hui ne comprendraient sans doute pas, il me raconta des histoires et évoqua ses souvenirs. Avec le temps, il avait changé en mieux, tant physiquement que dans ses manières. La pâleur de l'âge faisait ressortir le bleu de ses yeux, plus pétillants que jamais. La vieillesse accomplit parfois des miracles pour le meilleur ou le pire.

17

Ma petite sœur avait deux ou trois ans quand ma mère décida de nous emmener à Nahalal en train : de Jérusalem à Lod, de Lod à Haïfa, puis en autocar jusqu'à l'intersection de Nahalal, le terme du voyage que nous effectuions à pied, ou entassés dans une charrette s'il en passait une.

Quoique pas aussi grisante que les traversées à bord du camion à lait en compagnie de Motké Habinsky, et plus rapide que le périple de l'aspirateur, l'aventure n'en fut pas moins palpitante. Mon père, un grand angoissé contrairement à maman, tint à nous accompagner en taxi à la gare ; je me rappelle leurs échanges à propos du gaspillage. Quoi qu'il en soit, il aida à nous installer avant de nous faire ses adieux, comme il était d'usage à l'époque avant un quelconque déplacement.

La gare se trouvait à l'autre extrémité de la ville. Nous avions quitté la maison à l'aube, traversé des quartiers reculés et gravi le triple marchepied métallique du wagon. Ma sœur dans les bras, maman monta la première et se hâta de réserver des places du côté gauche de la voiture. Mon père la suivit avec les valises et m'aida à grimper à mon tour. Il hissa les bagages dans le compartiment au-dessus des sièges et promena un regard circulaire pour vérifier qu'il ne se trouvait pas d'« individu louche » parmi les voyageurs. Un sourire crispé aux lèvres, il murmura quelque chose à l'oreille de maman, l'embrassa, nous dit au revoir et redescendit sur le quai d'où il nous fit de grands signes auxquels nous répondîmes de la fenêtre.

Au coup de sifflet du chef de gare, la locomotive s'ébranla avec un hoquet asthmatique et, quelques minutes plus tard, un paysage inconnu défilait par la fenêtre, à croire que nous venions de franchir la frontière invisible d'un pays étranger.

Les premiers trains de mon enfance étaient à vapeur. Ils sifflaient joliment et je me rappelle les couinements de protestation des roues métalliques sur les rails incurvés. Personne ne savait qu'en Amérique on avait conçu une invention appelée « air conditionné ». Entraînées par le vent, les escarbilles crachées par la locomotive s'engouffraient dans les wagons à travers les fenêtres grandes ouvertes.

Le train franchit d'abord la vallée de Refa'im, familière grâce aux histoires de papa sur le roi David, puis celle du Soreq, célèbre par les exploits de Samson. En ce temps-là, Refa'im bordait l'ancienne frontière israélo-jordanienne. Maman nous désigna des paysans arabes, en face, qui cultivaient de petits lopins de légumes irrigués par les eaux usées de Jérusalem se déversant dans le lit de la rivière.

Le convoi roulait à petite vitesse, et je me félicitai d'être assis à gauche d'où nous pouvions les apercevoir. Certains d'ailleurs nous imitèrent lorsque nous leur fîmes des signes de la main. Chaque matin, des démineurs parcouraient la voie ferrée à bord d'un wagonnet le long de la frontière à la recherche de mines ou de bombes, et des gardes armés nous escortaient dans le premier et le dernier wagon du train. En tout cas, les voyages en train permettent de développer l'empathie. « Ce sont des cultivateurs comme nous », commenta maman en nous incitant à les saluer.

Un vendeur chargé de deux plateaux remplis de nourriture passa de wagon en wagon. « Sandwiches, boissons, chewing-gums, biscuits ! claironna-t-il. — Nous n'avons pas d'argent à dépenser, dit maman. Et puis nos sandwiches à nous sont bien meilleurs ! »

Elle confectionnait des tartines de pain complet à la margarine garnies d'omelette, de rondelles de tomate, de quelques feuilles de persil et, parfois, de lamelles de cornichons qu'elle préparait elle-même. « On ne doit pas saler les sandwiches au début, nous expliqua-t-elle. Il faut le faire au dernier moment pour éviter de se retrouver avec de la purée de tomates. » Règle fondamentale que j'applique encore aujourd'hui. On emportait donc, enveloppé dans du papier journal, un peu de sel dont on assaisonnait nos sandwiches juste avant de les avaler, et des gourdes de sirop de framboise.

À Hartouv, nous quittâmes les montagnes pour la plaine. Le regard portait loin sur le relief plat. Le train accéléra alors avec un long sifflement et aux grincements stridents succéda le cliquetis régulier des roues glissant sur les rails. Même si c'était défendu, maman me permit de sortir un peu la tête et les bras par la fenêtre où le vent plaquait un sourire sur ma figure. La vitesse — qui ne dépassait pas les quatre-vingts ou soixante-dix kilomètres à l'heure, j'imagine — me grisa.

Arrivés à Lod, nous descendîmes du train et attendîmes la correspondance pour Haïfa. Et si nous l'avions ratée ? m'inquiétai-je. À moins que le train n'ait changé d'itinéraire ? L'arrêt en gare serait trop court pour nous permettre d'y monter, maintenant que papa n'était plus là pour nous aider à porter les bagages. Peut-être que seule maman réussirait à le prendre et nous abandonnerait à Lod pour l'éternité ?

Le train était à l'heure, il stoppa assez longuement pour nous permettre de monter et nous rendre sereinement à Haïfa. Le temps s'écoulait moins vite à cette époque, les voyages aussi, ma mère délaissait les histoires pour les devinettes et les chansons. « La locomotive siffle, celui qui va à la chasse perd sa place. » Elle inventait de drôles de jeux, par exemple deviner le nom de chaque voyageur, en trouver l'explication, découvrir sa destination, le pourquoi et le comment, sa profession, etc. En évitant de parler trop fort pour ne pas nous faire remarquer, ni de regarder fixement quelqu'un ou le montrer du doigt. « Ce n'est pas poli, disait maman. Arrête ça tout de suite ! »

Le train traversa les gares de Rosh Ha'ayin et Eyal, et nous aperçûmes les villes arabes de Qalqilya et Tulkarem, par-delà la frontière — les rails se trouvaient à l'est de la voie ferrée actuelle. Après avoir dépassé Binyamina, nous atteignîmes la côte et je me réjouis une fois de plus que maman ait réussi à trouver des places à gauche du wagon : le ciel et la mer s'étendaient jusqu'à l'horizon, un merveilleux spectacle pour un gamin de Jérusalem ! Très vite, entre la mer et nous, se profilèrent les premières maisons d'Haïfa dont j'enviais les habitants d'avoir l'eau et les vagues devant leurs fenêtres chaque jour de l'année.

Les immeubles finirent par nous cacher la vue. Le train sifflait sans discontinuer, il ralentit et s'arrêta en haletant au terminus de Kikar Plumer. Une fois encore, j'étais jaloux des habitants de Haïfa car, dans ce bâtiment construit par les Anglais, le train s'immobilisait juste au niveau du quai et il n'y avait donc nul besoin de cet affreux marchepied en métal pour monter ou descendre, comme dans le vieil édifice ottoman de Jérusalem. Nous nous dirigeâmes ensuite vers la petite gare routière pour prendre le car Egged en direction d'Afoula, lequel nous déposa sur la route au croisement de Nahalal.

De là, nous empruntâmes un chemin de terre brûlant de soleil, bordé de filaos poussiéreux. Je ronchonnais à cause de la soif, de la fatigue, de la chaleur, du sac trop lourd. Un jour que nous nous rendions à pied chez grand-maman Tsippora, dans le logement social qu'elle habitait à Rehavia, et que je me plaignais de mourir de soif, mon père m'apprit que sucer un caillou rafraîchissait la bouche et ôtait l'envie de boire. Ma mère avait une autre solution qui l'amusait énormément — moi, beaucoup moins : elle approchait de mes lèvres ses mains en coupe — vides naturellement — en m'ordonnant de boire. « Encore un peu ! » insistait-elle.

« Prends ta gourde, m'enjoignit-elle ce jour-là. C'est pour cela que tu l'as emportée, non ?

— C'est plus bouillant que du thé !

— Donc tu n'as pas vraiment soif si je comprends bien. »

Chargée de ma sœur, d'un sac et d'une valise, elle allait d'un pied alerte, la démarche assurée, à son habitude, heureuse de retrouver son village. De petite taille comme sa mère, elle marchait d'un pas vif en dépit du long voyage, de la fatigue, de la chaleur pesante qui écrasait la vallée de Jezréel à cette heure de l'après-midi.

« Cesse de pleurnicher ! m'ordonna-t-elle. Une charrette ne va pas tarder à arriver, tu vas voir. »

En effet, un fermier survenait presque toujours pour nous emmener à destination. Ce n'était jamais le même homme, mais le scénario se répétait : « Bonjour Bassyalè ! » l'interpellait-il en ralentissant. Sans s'arrêter, ma mère lançait la valise dans la voiture avant d'y installer ma sœur.

« Ne bouge pas, lui recommandait-elle, j'arrive tout de suite. » Elle posait mon sac et le sien près d'elle, de chaque côté, et prenait son élan pour sauter à son tour dans la voiture avec une remarquable souplesse qui me laissait pantois. Même si j'avais compris que c'était courant chez les villageois, familiers des chevaux.

Je demeurais à la traîne, alors que le paysan claquait de la langue pour exciter son cheval. Maman se penchait en souriant, les bras tendus. « Allez, vite ! me criait-elle. Bouge un peu, sinon on va t'abandonner ici ! » Je ceignais mes reins et me mettais à courir comme Élie à côté du char d'Achab[1], rattrapant à grand-peine la roue arrière, presque aussi haute que moi, qui crissait à trois pas de là, et tendais les mains pour que maman m'attrape et me hisse par-dessus bord. Je restais un instant suspendu en l'air avant de m'asseoir près d'elle, les jambes pendantes, le souffle court, tandis que la terre voletait comme une traînée de poudre avec une bonne odeur de paille et de poussière.

Ma sœur me jetait un regard méprisant, pendant que le fermier demeurait insensible au petit drame familial qui se déroulait dans son dos. « Alors, quoi de neuf à Jérusalem ? » demandait-il avant de confier qu'il avait lu un poème de mon père dans le *Davar* du vendredi, et de raconter les derniers potins du village : quelqu'un avait reçu un PV au poste de contrôle d'Haïfa, on allait piquer un chien mordu par un chacal enragé, grand-père

1. I Rois XVIII, 46.

avait encore fugué. Ma mère rougissait de la nuque au front sans répondre.

Parvenus au village, nous descendions de voiture et prenions congé du fermier — « n'oublie pas de remercier le cheval aussi » — avant de nous diriger vers la maison de grand-mère. La haie de cyprès, le fromage qui s'égouttait dans son sac, les embrassades : « Oh Bassyalè, je suis si contente de te voir ! s'écriait Tonia. Est-ce que tu pourrais… » Suivaient une prière, une requête, le chapelet de ses doléances sur les dernières frasques de grand-père. « Si tu savais ce qu'il m'a fait… »

Elle nourrissait une vive admiration pour sa fille qu'elle sollicitait à tout bout de champ, et en cas de problèmes familiaux, elle remettait les décisions « à l'arrivée de Batya », comme elle disait. Batya allait venir, donner son avis et trancher la question. Aujourd'hui encore, des années après sa disparition, « à l'arrivée de Batya » est devenu une sorte de réflexe que nous laissons échapper avec un sourire confus.

« Rentrons à la maison », dit ma mère en me proposant d'aller faire un tour au jardin. Elle ne tenait pas à ce que la discussion s'engage dehors en ma présence. Grand-mère, elle, s'en moquait. Elle ne voyait aucun inconvénient à ce que son petit-fils sache comment ses voisins, ses enfants, son mari, ses frères la traitaient.

Je m'esquivai discrètement pour ne pas en perdre une miette. J'étais curieux d'entendre les histoires de grand-mère et, plus encore, celles que ma mère et tante Batsheva racontaient à son sujet. Primo, elles connaissaient mieux que personne son obsession de la propreté, secundo, je me suis toujours senti proche des femmes de ma famille. J'adorais les écouter raconter des histoires et bavarder, j'aimais leur compagnie, les tâches qu'elles accomplissaient, les points communs que nous partagions. Les hommes, eux, avaient généralement hérité de la haute stature de grand-père Aharon, sauf oncle Yaïr et moi qui étions petits comme ma grand-mère, ma mère, sa sœur, la mienne et ma fille — toutes les femmes à l'exception de grand-mère Batya, grande et très belle, comme je l'ai déjà signalé. J'avais la même morphologie au point que, adolescent endurci aux travaux des champs avec Menahem et Yaïr, je me sentais encore curieusement pareil à elles.

Outre ces affinités et mon habileté à tordre une serpillière, j'ai appris un tas de choses passionnantes en leur compagnie. Tandis que les autres garçons se battaient, conduisaient ou réparaient les tracteurs, apprenaient à tirer, excitaient les chiens contre les chats, montaient à cheval, je m'installais sous la véranda de grand-mère Tonia et buvais ses paroles qui commençaient invariablement par : « Alors, voilà… »

« Alors voilà… j'étais jeune et naïve, ignorante de la vie… »

« Alors voilà… il a menacé de se jeter dans le Jourdain. »

« Alors voilà… ta mère était en train de cirer les souliers de toute la famille dans la cour quand un énorme serpent a surgi à ses pieds. Elle n'a pas bronché et quand il s'est approché, elle lui a flanqué un coup de brosse à reluire sur la tête. Et vlan, elle l'a tué. »

Il arrivait à grand-mère de commencer ses récits par « quand j'étais jeune », formule qui, dans le lexique familial, préludait à l'évocation de souvenirs. Dans sa bouche, cette phrase signifiait la neige, la glace, les baies, les forêts et les rivières, un univers peuplé de loups. Elle se remémorait les ateliers où l'on fabriquait du verre coloré à partir des sables rouges et blancs de Rokitno, ses études au lycée du coin, dont elle était très fière, les trajets interminables en chemin de fer, les beaux et grands officiers russes qui « me lançaient des œillades dans le train », les réunions familiales autour du samovar où l'on buvait des douzaines de tasses de thé brûlant, les confitures et les conserves de fruits maison, les tonneaux de choux, les sacs de pommes de terre et d'oignons sans lesquels il était impossible d'affronter les rigueurs de l'hiver. Elle soulignait aussi le soin avec lequel sa propre mère, grand-mère Batya, entretenait son intérieur, comme pour signifier que sa méticulosité ne relevait pas d'une obsession personnelle mais d'une tradition familiale qu'elle observait à la lettre.

Des années plus tard, mes livres ayant été traduits en russe, j'avais été invité à Moscou pour rencontrer un public parlant le langage de mes aïeux. On m'avait adressé le plus grand compliment qu'on puisse recevoir : j'étais un romancier russe, même si je n'écrivais pas dans cette langue.

Je n'étais guère surpris, avais-je rétorqué, car je me considérais l'hériter de quatre grands auteurs russes : Nicolas Gogol, Vladimir Nabokov, Mikhaïl Boulgakov et ma grand-mère Tonia, dont vous n'avez sans doute jamais entendu parler ici, à Moscou, mais qui, née et ayant grandi en Ukraine, comme Gogol, racontait de merveilleuses histoires — lui dans un village appelé Sorochyntsi, elle dans une bourgade nommée Rokitno, qui dans sa bouche paraissait être une très jolie petite ville.

18

Les meilleures histoires de grand-mère tournaient autour d'oncle Yitzhak. Il était l'un des premiers apiculteurs de la vallée de Jezréel, doublé d'un excellent maçon et d'un habile artisan. Il avait conçu et édifié plusieurs maisons et bâtiments, sans oublier le réservoir de Kefar Yehoshua, avec le professionnalisme d'un ingénieur, même s'il n'en avait pas tout à fait le titre. En outre, oncle Yitzhak et son savoir-faire allaient jouer un rôle important auprès du héros de notre histoire — l'aspirateur qu'il était venu chercher avec Whitey à la gare de Tel Shamam, près de Kefar Yehoshua.

À en croire grand-mère Tonia, Yitzhak manifesta dès son plus jeune âge une prédilection pour les travaux manuels. À deux ans et demi déjà, il plantait des clous dans le parquet avec un marteau.

On avait beau le lui défendre, le gronder, le punir, rien à faire. En désespoir de cause, grand-mère Batya lui octroya un mètre carré de sa cuisine, qui se transforma en une forêt de clous au bout d'une semaine à peine.

Le cadet, Ya'acov, avait la haute taille et la beauté de leur mère Batya, ainsi que le teint mat de la famille. Quant à Yitzhak, s'il n'était pas aussi séduisant que son petit frère, il avait hérité des yeux couleur aigue-marine maternels. À une époque, oncle Ya'acov courtisait une fille d'Haïfa dont les parents étaient réticents, craignant qu'il ne soit « pas de chez nous ». Alors voilà... « On leur présenta ton oncle Yitzhak pour leur prouver qu'il y avait aussi des yeux bleus dans la famille. »

Yitzhak joua un rôle actif dans des histoires encore plus palpitantes et terrifiantes. Il avait trois ans quand des Bohémiens le kidnappèrent, me raconta-t-elle. « Ces Tsiganes le ligotèrent et le fourrèrent dans un sac où la police du tsar Nicolas finit par le retrouver, trois jours après, à la gare de Fastov. »

Un jour d'hiver — grand-mère Tonia et ses frères et sœurs étaient alors très petits, à Rokitno —, Yitzhak persuada Tonia de poser la langue sur la margelle du puits dans la cour de leur maison, et alors voilà... : « Je ne parvenais plus à détacher ma langue qui adhérait au métal gelé. »

Je ressentis une souffrance physique telle que j'en éprouvai des frissons. Comment pouvait-elle conserver son flegme sous la véranda, au soleil de plomb de la vallée de Jezréel, à évoquer la neige et la glace de son village natal avec sa langue toujours collée au métal glacé ?

« Et alors, que s'est-il passé ?

— On m'a détachée.

— Comment ? insistai-je, imaginant des couteaux, la langue arrachée, des hurlements.

— Moshe m'a délivrée avec un peu d'eau chaude et une cuillère en bois. J'ai encore une cicatrice. Regarde. »

Elle ouvrit la bouche pour me permettre de mieux voir.

Bref, ce n'était pas par hasard qu'oncle Yeshayahou pria Yitzhak et non Moshe de récupérer l'aspirateur à la gare de Tel Shamam. Il connaissait assez ces deux-là pour savoir que, dans certains cas, mieux valait être charitable et visionnaire, et dans d'autres, suffisamment responsable, opiniâtre, perspicace et adroit pour décharger une caisse, la transporter sans encombre sur une charrette jusqu'à Nahalal et se débrouiller pour l'ouvrir. Et puis un conteneur en provenance d'Amérique n'aurait pas manqué d'éveiller les soupçons de Moshe, « un idéaliste encore plus forcené que grand-père Aharon », dixit ma mère.

Yitzhak était au courant depuis des mois. Oncle Yeshayahou lui avait envoyé par courrier des instructions précises, qu'il avait apprises par cœur avant de dissimuler la lettre dans l'étable sans en parler à quiconque. Le moment venu, il avertit grand-père Aharon qu'il emmenait Whitey à la saillie et servit le même prétexte au cheval, « très affectueux et intelligent, mais ne sachant pas tenir sa langue ».

À l'arrivée du train, oncle Yitzhak déchargea la caisse qu'il arrima à la charrette par un nœud de camionneur, à la façon dont les routiers fixent leur chargement, il cria « hue ! » à Whitey et tous deux s'en revinrent à Nahalal à travers champs.

Ma mère me décrivit la scène par le menu, et même si aucun de nous n'en avions été témoins, elle restera à jamais gravée dans ma mémoire jusqu'au plus petit détail : une carriole se profilant à l'horizon sur la vaste plaine, le blanc du cheval, le bleu des yeux, le jaune de la paille, du foin et du crayon maternel, le vert du maïs. Nul autre d'ailleurs n'en contempla jamais la magnificence. Par cette chaude journée, en plein midi, les fermiers étaient rentrés chez eux pour déjeuner et faire la sieste. Des années plus tard, quand les mots se substituèrent aux images, l'herbe verdit, les yeux brillaient comme des saphirs et le cheval étincelait de mille feux sous les rayons du soleil.

Yitzhak n'y prêta pas la moindre attention. Il faisait partie intégrante du paysage, et puis il avait autre chose en tête. Sous la casquette enfoncée sur son crâne dégarni, son esprit pratique, vif et alerte se perdait en conjectures. La caisse, il le savait, contenait un aspirateur de bonne taille destiné à sa sœur et, bien que dévoré de curiosité, il se garda de le déballer pour y jeter un œil.

Whitey s'en moquait royalement et son bonheur aurait été complet si cette histoire de saillie n'avait pas été un jeu de dupes imaginé par la famille à ses dépens. Voilà ce qui arrivait quand on était le seul de la tribu à marcher à quatre pattes.

Avant de traverser la rivière, Yitzhak vérifia les cordes arrimant la cargaison. Ce luxe de précautions échappa à l'entendement du *sweeper*, qui avait franchi les plus grands fleuves américains et européens. Whitey pataugea tranquillement dans la boue, conscient qu'avec oncle Yitzhak pour seul public, il était inutile d'en rajouter.

La voiture dépassa Ein Sheikha, la source aux palmiers jumeaux, et amorça la longue montée vers Nahalal où elle s'engagea par le nord-ouest entre les fermes des Rachlevsky et des Yehoudaï. Yitzhak s'apprêtait à guider Whitey vers la nôtre, la cinquième à droite, mais l'animal avait compris qu'il ne transportait ni foin ni fourrage. Non, cette fois, c'était spécial, un chargement qu'aucun cheval ou mulet de la vallée n'avait encore jamais trimballé avant lui. Histoire de se consoler de la frustration causée par l'accouplement imaginaire, il décida de s'amuser un peu et, ayant une propension naturelle pour le théâtre, il opta pour quelque chose d'original en l'honneur de l'événement, un spectacle inédit pour la galerie. Au lieu de prendre à droite, il opta pour la gauche et entama un tour d'honneur à travers les rues du village. Oncle Yitzhak, d'ordinaire pragmatique et économe de son temps, comprit et le laissa agir à sa guise.

Il était deux heures de l'après-midi. Après avoir déjeuné, chacun faisait sa sieste quotidienne avant de retourner travailler. Le bruit des sabots dans les rues désertes réveilla tout le monde. Il se passait quelque chose, comprit-on, au point que même les plus las, les plus sectaires et les plus inflexibles, ceux qui ne s'intéressaient qu'à la sécurité et à l'agriculture sortirent du lit pour observer la scène. Ils échangèrent des regards, se grattèrent la tête, avancèrent des hypothèses et finirent par sortir de chez eux — une foule de curieux s'attroupa derrière la charrette.

Un observateur extérieur aurait pensé à une curieuse procession funéraire avec, en guise de cercueil, une grande caisse en bois constellée de tampons et d'étiquettes provenant de ports lointains et de gares étrangères. Et cette surprenante inscription tracée à l'envers :

PALESTINE
NAHALAL
SAVTA TONIA

Non, il ne s'agissait pas d'une erreur, car il y en avait une autre, encore plus curieuse, également tracée à l'envers :

THIS SIDE UP

Heureusement que certains fondateurs de Nahalal avaient passé plusieurs années aux États-Unis avant d'immigrer en Palestine. Ayant compris de quoi il retournait, ils stoppèrent la voiture et traduisirent les mots à oncle Yitzhak qu'ils aidèrent à défaire les liens et à décharger la caisse en espérant que rien de désastreux ne s'était produit à l'intérieur — ou le contraire. Même si personne ne savait ce qu'elle renfermait, on avait remarqué qu'elle avait effectué le voyage de la gare de Kefar Yehoshua à Nahalal la tête en bas et les quatre fers en l'air, telle une échalote.

C'était ainsi aux États-Unis, expliquèrent ceux qui possédaient l'anglais à ceux qui l'ignoraient. Les Américains avaient de nombreux défauts, mais aussi des qualités comme l'efficacité et la précision. Quant au contenu, personne ne le devinait, pas même ceux qui avaient séjourné là-bas. Le colis était très probablement suspect, car un éclat brillant filtrait à travers les planches. Et chacun de se demander comment il réagirait lorsqu'il en découvrirait la source. On verrait bien le moment venu.

Whitey qui buvait du petit lait s'apprêtait à accomplir un second tour d'honneur, quand oncle Yitzhak tira sur les rênes en criant « *hoysa !* » — stop ! — et « circulez, il n'y a rien à voir ! » à l'adresse des badauds avant d'immobiliser la charrette devant la maison de sa sœur.

Grand-mère Tonia et grand-père Aharon apparurent sur le seuil, flanqués de leurs quatre enfants : Micha, Batya et les jumeaux, Menahem et Batsheva. De stupeur, ils empruntèrent la porte de devant et non celle de derrière. À propos, même si Yaïr n'était pas encore né, il n'en serait pas moins capable, plus tard, de décrire l'épisode dans ses moindres détails, comme tous les membres de la famille.

En voyant les caractères anglais, grand-père comprit que, cette fois, son frère avait frappé très fort et resta pétrifié sur place, obligeant Nahum Sneh, le troisième larron du célèbre trio makarovite de la deuxième aliyah, à prêter main-forte à l'oncle Yitzhak.

Les deux hommes soulevèrent la caisse et contournèrent la maison pour la transporter sous la véranda. Yitzhak, qui ne se déplaçait jamais sans ses outils, s'était muni pour l'occasion de son attirail au grand complet. Il s'arma d'un tournevis et d'un marteau de charpentier, tandis que Nahum Sneh se tenait prêt à toute éventualité. Un monstre fascinant et terrifiant aurait pu s'échapper de cette caisse expédiée d'Amérique, sait-on jamais ?

Maman se rappelait l'événement avec une précision telle qu'elle pouvait en énumérer chaque étape depuis l'ouverture de la caisse.

Les clous furent ôtés dans un affreux grincement et gardés pour un usage ultérieur.

Les ferrures métalliques conservées pour un usage ultérieur.

Les planches de bois démontées et empilées pour un usage ultérieur.

La lumière américaine piégée dans la caisse scellée aux États-Unis s'intensifia et lança ses rayons qui se mêlèrent à la lumière crue de la Terre d'Israël, au-dehors.

« Et que découvrit-on à l'intérieur ? questionna ma mère.

— Le *sweeper*, l'aspirateur, répondis-je gaiement.

— Pas encore. On trouva d'abord une boîte. »

Un grand carton calé à l'aide de journaux américains froissés, de chiffons et de sciure, entouré d'une mince et solide ficelle blanche, sur lequel était peinte une vague silhouette cul par-dessus tête, comme une échalote, précisa-t-elle d'une voix amusée.

« *Nu, nu…* », firent ceux qui n'avaient pas transité par les États-Unis avant de partir en Eretz Israël. Oncle Yitzhak soupira de soulagement. Ces Américains n'étaient apparemment pas infaillibles puisqu'ils étaient capables d'erreur. Le sweeper avait voyagé à l'envers d'Amérique jusqu'à Kefar Yehoshua, puis à l'endroit de Kefar Yehoshua à Nahalal. Il était comme ça, notre oncle Yitzhak : l'anglais n'était pas son fort, mais étant presque ingénieur, il savait mettre chaque chose à sa juste place.

Il sortit le canif que lui avait donné grand-père Aharon le jour où il lui avait appris à greffer les arbres fruitiers. Il trancha les liens maintenant la boîte en place et la retourna, au grand effroi de l'assistance — à présent, on pouvait identifier la silhouette peinte sur la paroi, l'effigie d'une ménagère américaine — une parmi tant d'autres — le diable fait femme : les lèvres écarlates, vêtue d'une robe rouge à pois soulignant sa taille fine, sa poitrine généreuse et son postérieur rebondi. Avec ses ongles carmin, on voyait qu'elle s'était fait faire une manucure !

La boîte était si haute que la femme était presque grandeur nature, autrement dit de la taille de grand-mère Tonia. Et surtout, elle n'était pas seule. Elle tenait à la main un tuyau long et large relié à un gros appareil à roulettes étalé docilement à ses pieds. Et même s'ils étaient incapables de préciser la nature de l'engin, ce qu'ils avaient imaginé jusqu'alors à propos de l'Amérique, comprenaient-ils, n'arrivait pas à la cheville délicate de cette femme qui respirait la sophistication, la coquetterie, la frivolité, l'hédonisme, l'individualisme forcené. L'appareil devait être le comble du luxe pour amener ce sourire obscène sur les lèvres rouges, spéculèrent-ils.

Les hommes, les femmes, les bêtes, la basse-cour, les arbres dénués d'ombrage, les plantes fruitières, tous étaient horrifiés. « Espèce de dévergondée ! » se mirent-ils à la conspuer avec des cris de colère et d'indignation. « Quelle honte !... » Je comprends aujourd'hui ce que ma mère passa sous silence — les pionniers n'en étaient pas moins hommes et avaient dû caresser quelques secrètes pensées viriles à propos de ces hanches et de ce que des mains laborieuses pourraient leur faire. Les femmes toisèrent l'image avec mépris, même si elles auraient bien voulu l'imiter. Pourquoi elle ? songèrent les jalouses. D'autres s'humectèrent machinalement les lèvres, la bouche pincée. Et malgré la sainte colère qui animait chacun, personne ne détourna la tête ni ne quitta les lieux en attendant la suite des événements.

Grand-mère Tonia n'était pas choquée. Primo, parce que le règlement et les principes en vigueur au mochav ne l'intéressaient guère, et secundo, étant donné que la caisse et son contenu lui étaient destinés, elle considéra la femme du portrait comme une complice, une alliée, dont la propreté était le seul objectif et qui, pour l'atteindre, disposait d'appareils et d'outils offrant des possibilités inimaginables ici, en Eretz Israël.

Et il y avait autre chose, un sentiment diffus, magique, telle la dentelle bordant une nappe somptueuse : elle aurait pu lui ressembler, être épanouie, joyeuse, maquillée et peinturlurée, vêtue d'une robe à pois identique si elle avait épousé un double traître comme oncle Yeshayahou, voire oncle Yeshayahou lui-même — et pas son frère Aharon —, qu'elle aurait accompagné en Amérique au lieu de végéter en Palestine, ce pays dur et sale.

Oncle Yitzhak brûlait d'ouvrir le caisson pour découvrir enfin son contenu, mais grand-mère sortit de sa rêverie et se ressaisit. Il devait d'abord retirer les chiffons qui en tapissaient le fond, ordonna-t-elle. Un appareil dernier cri avait beau être arrivé d'Amérique, elle saurait toujours faire usage de ces linges américains de bien meilleure qualité que l'espèce de charpie utilisée en Eretz Israël, comme elle n'avait pas manqué de le remarquer.

Yitzhak obtempéra, et grand-mère éprouva une grande satisfaction quand il lui apporta les chiffons. Même si elle ignorait le contenu de la caisse, elle avait reçu un cadeau d'Amérique, c'était déjà ça.

19

Pour l'essentiel, j'appris cette histoire à Jérusalem de la bouche de ma mère en même temps que d'autres récits relatifs à sa famille. Certains détails, rajoutés par la suite, s'éclaircirent à notre arrivée à Nahalal, là où tout avait commencé.

Ce chapitre de mon enfance — bref mais crucial — débuta quand j'avais neuf ans. Maman était lasse de jouer les femmes au foyer, d'autant que le salaire de professeur de mon père ne suffisait pas à rembourser l'emprunt de l'appartement et les dépenses courantes. Elle décida de suivre une formation pédagogique accélérée dispensée à Nahalal, où tout le monde vint s'installer, tandis que papa obtenait un poste d'enseignant au lycée agricole du village.

La perspective de vivre près de mon grand-père, ma grand-mère, mes oncles Menahem et Yaïr me ravissait. Je les chérissais autant que le jardin, les vaches, les veaux, Whitey, les champs et les volailles, en particulier les poussins dans leur couveuse. Sans oublier les oies qui me menaçaient du bec. Ils étaient doublement vivants dans ma conscience : grâce à une forte présence littéraire inculquée par ma mère à l'époque où nous habitions en ville, outre une existence réelle, alimentée par nos fréquentes visites au village et amplifiée depuis que nous y vivions.

Mes parents louaient le second étage des Karasik, non loin de chez grand-père et grand-mère. Le logement comportait une petite entrée et deux pièces, plus vastes que celles de notre appartement à Jérusalem. La chambre des enfants orientée au sud-est donnait sur les champs et possédait un vaste balcon inondé de soleil, auquel on pouvait aussi accéder par la fenêtre au-dessus de mon lit.

Nous avions déménagé au début des grandes vacances. À la stupéfaction générale et pour le plus grand plaisir de tous, les relations entre papa et grand-mère s'améliorèrent — c'est-à-dire qu'elles devinrent acceptables. Ses visites d'ailleurs se rapprochèrent. « Voilà ma colère qui monte », plaisantait papa quand il entendait ses pas dans l'escalier, jouant sur les mots « belle-mère » et « colère », à une voyelle près quasi homonymes en hébreu.

Un autre heureux événement survint à Nahalal. Ma sœur et moi avions eu notre premier chien, un terrier bâtard donné par des amis que nous avions prénommé Lucky avec une grande originalité. Le chiot, gai et intelligent, devint un membre à part entière de la famille. Un jour d'hiver, maman s'amusa à le vêtir du chandail bleu qu'elle tricotait pour ma sœur. Nous avions tellement ri que, profondément mortifié, le chien s'enfuit dans cet accoutrement, poursuivi par maman. Elle pataugea un bon moment dans la boue sous une pluie battante, escortée par une meute surexcitée, et finit par revenir en agitant triomphalement le pull crasseux et trempé. « Il ne manquait plus que ça, maintenant, tout le monde va raconter que nous tricotons des manteaux pour chien », dit-elle, plaisantant à moitié.

Elle s'efforça sans grand succès de m'initier au travail de la terre. Oncle Menahem lui avait cédé, derrière le poulailler, un petit lopin où elle sema concombres, poivrons, aubergines, ail, oignons et tomates destinés à la consommation familiale. Elle s'y rendait quotidiennement après ses cours et, au bout de quelques jours, elle me demanda de la seconder.

J'y consentis volontiers. Nous avions entrepris de désherber, biner, bêcher, quand une demi-heure plus tard je me relevai et déclarai, les deux mains sur le manche de la houe : « Tu continues pendant que je te raconte des histoires. »

Maman s'esclaffa, mais je dus essuyer des critiques rappelant l'épisode des concombres paternels. Des années plus tard, en aidant mes oncles Menahem et Yaïr, je finis par me prendre au jeu. Seulement à l'époque, j'avais neuf ans et, inconscient du sérieux imposé à ceux qui revendiquaient le titre de « fils de fermiers de Nahalal », je me bornais à aller chercher du lait à l'étable chaque matin, corvée que je partageais avec ma sœur.

Le bruit y était assourdissant parce que Menahem avait installé un haut-parleur branché sur la radio de la maison. La musique avait un effet bienfaisant sur la lactation des vaches en quantité comme en qualité, affirmait-il. Quand il voulait changer de chaîne, passer de la Voix d'Israël à la fréquence de l'armée ou vice-versa, il fourrait deux doigts dans sa bouche et sifflait de toutes ses forces. Sa femme Pnina, en l'entendant, changeait de station. Pendant la traite, Menahem et Yaïr se chamaillaient, s'amusaient à imiter les uns et les autres, racontaient des histoires au sujet des parents, des voisins ou d'eux-mêmes.

Grâce à eux, et pour la plus grande joie de maman, je m'appropriais les métaphores familiales inventées généralement par grand-mère, et les reprenais à mon compte. J'affectionnais en particulier « je tremble de tous mes membres », censée exprimer une violente colère, « quand j'étais jeune », déjà mentionnée, ou encore « je suis claquée physiquement et moralement » qu'elle prononçait à la russe.

Sans oublier la formule rituelle lors d'un décès (toujours au féminin, même si le défunt était de sexe masculin) : « Elle nous a quittés » immédiatement suivi de : « et il a eu une mort horrible ». Ce n'étaient pas une faute de grammaire ni une erreur médicale, mais des inventions lexicales de son cru que la famille s'empressait aussitôt d'adopter. « Elle nous a quittés », disons-nous encore aujourd'hui s'agissant indifféremment d'un homme, d'une femme, d'un véhicule accidenté, et les puritains d'ajouter « et il a eu une mort horrible », même si la personne s'est éteinte à un âge avancé.

Certaines expressions de grand-mère étaient populaires parmi les amis de la famille. L'une d'entre elles, *atah ponita elaï* — ou sa variante, *at ponit elaï* —, devint d'ailleurs une phrase culte. Imaginez notre excitation quand, des années plus tard, nous vîmes Robert de Niro s'exerçant à dégainer son arme devant le miroir dans *Taxi Driver* et énonçant avec la même intonation : « *You talkin' to me ?* », c'est à moi que tu causes ?

Personnellement, sachant comment cette formule était parvenue de Nahalal jusqu'à Hollywood, je ne fus guère surpris, mais la famille n'en revenait pas. Et chacun de téléphoner pour demander avec l'accent de grand-mère si son interlocuteur avait vu *Taxi Driver*, car Tonia avait forgé « *You talkin' to me ?* » bien avant Robert de Niro, même si elle s'exprimait en hébreu avec l'accent russe. Contrairement au chauffeur de taxi qui déclamait cette phrase armé d'un pistolet devant la glace dans la solitude de sa chambre, grand-mère la criait sur tous les toits, face à ses ennemis, les mains nues. « *You talkin' to me ?* » grinçait-elle avec mépris avant de tourner les talons d'un air de suprême dédain, pour autant que le lui permettaient sa petite taille et ses courtes jambes.

Après l'école et le déjeuner, j'allais voir Yaïr, mon préféré. Mon aîné de huit ans à peine, il était pour moi davantage un frère qu'un oncle. Fils de la vieillesse de ses parents, il avait grandi au moment où leurs relations étaient plus houleuses que jamais. Ses frères et sœurs aînés s'étaient mariés et avaient quitté la maison, le privant de l'entraide et de la solidarité fraternelles. Heureusement pour lui, il avait, et a toujours, de l'humour à revendre. Nous aimions passer du temps ensemble à rire et à bavarder, tels un grand frère et son cadet.

Un jour, un mystérieux prédateur s'en était pris aux poussins dans leur couveuse. Non content d'assouvir sa faim, on aurait dit qu'il versait le sang pour le plaisir. Yaïr, qui possédait alors une carabine .22 Long Rifle, surnommée « tou tou », était un tireur d'élite. Il décida de faire le guet et d'attraper le coupable — une belette ou un chat sauvage — et me proposa de l'accompagner.

À la tombée de la nuit, nous nous postâmes devant le poulailler. Yaïr me défendit de parler ou de bouger afin de ne pas alerter l'animal. Je m'endormis et, une heure plus tard, je fus réveillé en sursaut par un coup de feu. Yaïr avait touché la bête entre les deux yeux dans le noir ! Le coupable était un gros haret jaune, ou un croisement entre un chat domestique et un chat sauvage.

Au matin, mon oncle déposa sa prise dans une caisse qu'il plaça dans la cour « pour avertir les chats, les belettes et les chacals de se tenir à carreau », m'expliqua-t-il. Au bout d'un jour ou deux, on transporta le cadavre dans un champ où « on l'offrit en pâture aux oiseaux des cieux et aux bêtes de la terre[1] ». Par la suite, les poussins n'eurent plus rien à craindre dans leur couveuse.

Yaïr faisait la sieste dehors dans un hamac suspendu entre deux citrus, habitude qui réjouissait sa mère. Il s'agissait d'un vieux matelas posé sur

1. Ps 79, 2.

un sommier métallique aux quatre coins duquel on accrochait des chaînes. On se balançait et on piquait un roupillon au-dessus de la terre brûlante après le déjeuner, le ventre plein, les membres las — Nahalal et sa forme circulaire pareille à une gigantesque poêle à frire.

À cette heure, le village avait l'air d'un cimetière avec ses chiens vautrés à l'ombre et ses poules à moitié défaillantes dans la basse-cour. Les oisillons inexpérimentés choisissaient ce moment pour s'envoler, ils plongeaient en piqué et s'abattaient dans la poussière. Les hommes dormaient à poings fermés, histoire de reprendre des forces en prévision du dur labeur qui les attendait plus tard dans l'après-midi : entretenir les canaux d'irrigation, transporter le foin, traire les vaches. Grand-mère Tonia elle-même interrompait son ménage pendant deux bonnes heures.

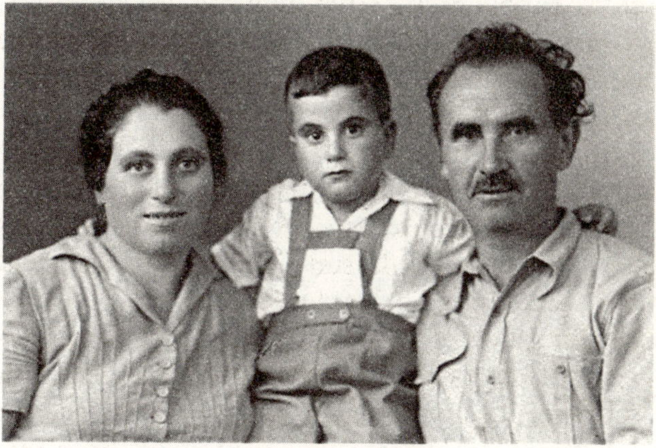

Grand-mère Tonia, oncle Yaïr et grand-père Aharon.

Nous nous prélassions là-haut, tels Huckleberry Finn et Tom Sawyer, jusqu'à ce que les ronflements de Tonia se déploient en fines volutes. Yaïr bondissait alors sur ses pieds et courait chercher à la cuisine un grand bol, du chocolat, de la crème et du sucre. Il se dépêchait de ressortir pour ne pas risquer de réveiller sa mère qui en aurait fait de la charpie. À son retour, il remuait le mélange avec une fourchette jusqu'à obtenir une pâte compacte que nous dégustions à la cuillère.

Je n'ai plus jamais savouré pareil délice. Outre sa consistance crémeuse, la sensualité du cacao, la douceur du sucre et de la transgression, la mixture avait un goût de rébellion et d'indépendance. Tels les prêtres réglementant la consommation de viande des pèlerins au Temple de Jérusalem dans les temps bibliques, la génération des fondateurs de Nahalal avait la haute main sur les sucreries, gardées sous clé dans les tiroirs ou dissimulées sur les étagères du haut. Les douceurs étaient même interdites à l'épicerie du village, non seulement à cause du plan d'austérité et du rationnement, mais aussi pour des raisons morales — par crainte de corrompre les jeunes âmes, les distraire du travail, de l'élan visionnaire et d'en faire des accros au sucre. Un jour, on chassa du village un vendeur de glaces ambulant, non sans avoir au préalable arrosé son stock d'essence pour lui ôter l'envie de revenir avec sa marchandise frelatée.

Grand-mère Tonia, elle, se moquait des principes. Elle était idéologiquement plus proche de son frère Yitzhak que de Moshe. D'ordre pratique et pas doctrinales pour deux sous, ses considérations tournaient autour de la famille, pas de la politique. Grand-père Aharon, en revanche, ne ratait pas une occasion de chapitrer ses petits-enfants, le plus souvent par le biais d'une histoire, fort heureusement pour nous. Si nous quémandions un bonbon, il nous parlait de son enfance à Makarov où ils manquaient de sucre, alors les bonbons… Il voulait sans doute nous culpabiliser, nous faire honte de notre impardonnable hédonisme. Il faut dire qu'il ne se prenait pas au sérieux et que, à l'inverse des rouspéteurs de service se vantant du statut économique et social dont ils jouissaient en diaspora, et auquel ils avaient renoncé en immigrant en Israël, il n'avait que la misère et les privations à la bouche.

« Nous étions si pauvres que nous n'avions qu'un seul carré de sucre pour le thé.

— Vous le partagiez en petits morceaux ?

— Non, on le suspendait au plafond par une ficelle et on le regardait en buvant. »

Notre friandise préférée et la plus néfaste était la glace que nous dégustions à Tel Hanan, près de Nesher. Oncle Micha et sa femme, tante Tsafrira, habitaient Kiryat Haïm, non loin d'Haïfa. À chacune de nos visites, nous nous arrêtions à Tel Hanan pour une pause glace, électrisés comme de jeunes étudiants de yeshiva en quête d'une femme dans une ville étrangère. Oncle Menahem conduisait en ce temps-là une Standard Triumph, une vieille guimbarde prévue pour transporter quatre nains. Outre lui-même, il réussissait à y caser sa femme Pnina, son fils Zohar — il avait l'âge de ma sœur et devait mourir à la guerre du Kippour —, leur bébé Gila, ma mère, ma sœur, oncle Yaïr, moi, parfois grand-mère Tonia, grand-père Aharon aussi. La méthode était simple : les adultes grimpaient les premiers, serrés comme des sardines, les enfants par-dessus.

On croisait fréquemment des auto-stoppeurs à la sortie du village. Menahem stoppait à leur hauteur : « Montez, il y a de la place pour tout le monde ! » Il tenait le volant de la main droite, fumant et passant les vitesses de la gauche. Ma mère, qui n'avait pas encore son permis, participait activement à la manœuvre : penchée par la fenêtre ouverte, elle maintenait à bout de bras un petit bidon d'essence posé sur le toit et relié au carburateur par un tuyau. La pompe à essence de la Standard, souvent défectueuse, nous rendait tributaires des lois de la gravité. Nous roulions dans cet espace exigu, mais personne ne s'en plaignait jamais, tant chacun était désireux de voir oncle Micha et tante Tsafrira comme de s'arrêter en route pour manger une glace à Tel Hanan. À l'exception de grand-père Aharon pour qui une crème glacée était un luxe extravagant.

Les deux ans et deux mois passés à Nahalal — en classe de CM1 et CM2 — constituèrent la période la plus heureuse de mon enfance et de mon adolescence. C'était la meilleure école que j'aie jamais fréquentée. Les professeurs, excellents et larges d'esprit, faisaient souvent cours dehors : dans l'oued, à Tel Shimron, près du cimetière, dans les bois et les champs. Sans oublier la turbulente tribu haute en couleur de ma mère dont les histoires, les souvenirs, les formules, les misères, les insultes, les célébrations, les règlements de comptes et le sentimentalisme m'emplissaient de joie. De retour dans les blocs en béton de Jérusalem, parmi les fous, les aveugles et les orphelins, la ville me parut sinistre, morne et malsaine après le vert doré de la campagne — les journées d'un garçon libre comme l'air qui passait son temps avec son chien au soleil, en pleine nature, pieds nus sur le sol brûlant, entouré de secrets et de souvenirs dissimulés derrière les portes closes.

20

Oncle Yitzhak ouvrit le carton d'où il retira un objet volumineux dans un emballage souple. La toile épaisse brillait d'un éclat de plus en plus intense. La foule se pressait pour être aux premières loges au moment où Yitzhak en dévoilerait le contenu.

Il ne se fit pas prier. Il retira le sac, exposant l'aspirateur de grand-mère Tonia sous l'œil médusé des villageois. Rares furent ceux qui comprirent de quoi il retournait : pour les uns, c'était un nouveau pulvérisateur de pesticide, ou bien une sorte de trayeuse automatique typiquement américaine et hautement sophistiquée, capable de poursuivre les vaches dans les prés. Pour les autres, la majorité, il s'agissait là encore d'un objet capitaliste d'un luxe extravagant, éloge de la paresse et de l'oisiveté. Ses chromes brillants, ses courbes voluptueuses, ses grandes roues attestant d'une certaine propension à la fainéantise étaient en si grande contradiction avec les règles et valeurs du mochav que les spectateurs se secouèrent en grinçant des dents pour mieux résister à l'envie qui les démangeait.

Les battements de leurs cœurs s'accélérèrent. Même dans une société pétrie d'idéologie, ils ne pouvaient nier ce qu'ils savaient dans leur for intérieur : impossible de se dissimuler la vérité. La terre, le travail, le lait, l'idéal avaient fini par retrancher la lumière, le bien-être et le plaisir de leur existence. Ces mains qui labouraient, récoltaient, bâtissaient, trayaient auraient voulu souffler un peu, prendre le temps de se distraire, caresser des hanches rondes. Les ongles aspiraient à être chouchoutés et vernis. Les yeux qui guettaient sans cesse les périls et les bêtes nuisibles, cherchant inlassablement à justifier le bien-fondé de leur démarche, scrutant le ciel à la recherche du moindre nuage porteur de pluie brûlaient de désir à présent, ils mouraient d'envie de se fermer dans un voluptueux abandon, comme ceux de ma mère des années plus tard, lorsqu'elle se permettait une petite gâterie, une larme de Drambuie le vendredi soir, une fois terminés les préparatifs du repas, ou encore la gourmandise du samedi matin : de vrais anchois.

La descendante d'une famille de mangeurs de harengs, qu'elle-même préparait à la perfection, adorait les anchois. Qui l'eût cru ? Elle n'en achetait jamais quand nous étions petits — c'était trop cher ! —, se contentant d'un ersatz dans un tube jaune pourvu d'un bouchon rouge acheté à l'épicerie du coin, à Jérusalem. Elle en étalait une mince couche sur une fine tranche de pain garnie de rondelles de tomate quasi transparentes. « Des anchois ! » nasillait-elle avant d'y planter les dents, comme pour dire : nous les moujiks dévoreurs de *seljodka*, les fils et filles des paysans de Nahalal, nous nous délectons de vrais anchois à la cour du roi de France, alors, les enfants, attention à ne pas salir vos chausses de soie et vos jabots de dentelle !

Quand elle put enfin se les offrir, maman dégustait ses anchois avec un morceau de *hallah*, le pain tressé du shabbat, arrosés de café. « Comme trente petits cochons », ironisait-elle. Moi, je préférais le succédané, car maman ne disait jamais « des anchois » quand elle mangeait les vrais.

Les badauds et l'aspirateur se regardèrent avec curiosité. Ce dernier observa les paysans laborieux avec leurs vêtements de travail et leurs mains calleuses, témoins d'une vie de privations, de nourritures simples, suivant une voie toute tracée. Il y avait les mêmes dans sa patrie, en Amérique, seulement ceux de là-bas n'avaient pas le choix, alors qu'ici c'était une décision délibérée, il l'avait vite compris. Chez lui, les fermiers partaient au travail l'échine courbée, le regard éteint, tandis que les cultivateurs juifs étaient droits dans leurs bottes.

Le sweeper aurait tout donné pour retourner dans son cocon douillet, se réfugier dans son carton et refermer sur lui le couvercle à l'effigie de la belle Américaine. Qu'elle soit debout sur ses pieds ou la tête en bas comme une échalote, c'était à elle, ou à l'une de ses semblables, qu'il était destiné. Il aperçut alors grand-mère : pas de hanches minces, de lèvres écarlates, de mains manucurées ni de bouche pulpeuse. Loin de se dresser devant lui telle une statue de sel, elle s'écarta des autres et s'approcha. Il lui incombait à présent de respecter le pacte qui le liait à sa nouvelle propriétaire : unir leurs efforts contre la saleté et la poussière.

Lorsque Tonia l'effleura de la main, le métal froid lui renvoya une onde de chaleur. Elle sourit et se dépêcha d'essuyer l'empreinte de ses doigts d'un coup de chiffon. Elle s'empara ensuite de l'épais tuyau, à la fois rigide et souple comme un serpent et, quand elle souleva l'extrémité en métal brillant, l'engin rampa nonchalamment vers elle sur ses grandes roues silencieuses.

La foule poussa un cri de surprise mêlé de crainte en voyant l'appareil glisser avec une facilité déconcertante. Prise au dépourvu, grand-mère recula sans lâcher le tuyau. Le sourire aux lèvres, elle obliqua à droite, l'aspirateur l'imitant tel un danseur professionnel, et quand elle tourna à gauche, il pivota gracieusement sur lui-même pour lui emboîter le pas.

La scène avait quelque chose d'excitant et d'un peu effrayant à la fois. Un murmure sourd se répandit dans l'assemblée. « Le spectacle est terminé, les amis ! fit grand-mère. J'ai du travail ! » Là-dessus, elle leur tourna le dos et rentra chez elle, l'aspirateur sur ses talons, pareil à un brave gros toutou — à quoi bon les métaphores quand la réalité s'impose ? Il était tel qu'en lui-même, un aspirateur conscient d'avoir trouvé son maître, ou plutôt sa maîtresse, sa place, la maison qu'il devrait désormais nettoyer de fond en comble.

Une fois à l'intérieur, grand-mère s'affala dans un fauteuil et prit une profonde inspiration. Le visage fermé, les mains tremblantes, grand-père ne disait rien. Les yeux braqués sur l'énorme engin, il mesura l'ampleur de la vengeance fraternelle. Le tumulte émotionnel et idéologique qui l'agitait ne l'empêchait pas, j'imagine, d'évaluer le montant de la prochaine facture d'électricité qui s'annonçait salée.

Yitzhak, lui, attendait de mettre l'appareil en marche. Il vérifia qu'oncle Yeshayahou avait choisi un modèle compatible avec les normes électriques en vigueur sous le mandat britannique. Ensuite, il trouva dans la caisse une petite boîte à l'effigie en miniature de la même femme à la robe à pois, les ongles et les lèvres peints. Elle contenait un assortiment d'accessoires et d'adaptateurs dans un emballage de toile, preuve qu'oncle Yeshayahou était un esprit méthodique — à supposer que les prises de Palestine ne soient pas compatibles avec celles d'Amérique, il ne voulait pas risquer de voir son plan échouer pour des broutilles.

Tout était fin prêt : la maison de Nahalal dans la vallée de Jezréel, l'électricité provenant de Naharayim dans la vallée du Jourdain, la ménagère de Rokitno, en Ukraine, l'aspirateur expédié de Los Angeles, aux États-Unis, et la poussière accumulée dans la vallée de Jezréel depuis un temps immémorial avec, comme celle d'Haïfa, la myriade de ses minuscules cœurs mouvants, tremblants de peur.

Yitzhak était impatient de désosser l'aspirateur afin de l'examiner et d'en comprendre le fonctionnement, ensuite il le remonterait, en expliquerait le mécanisme à sa sœur et l'actionnerait. Grand-mère Tonia ne céda pas. « C'est mon *sveeper* et je sais comment le démarrer. C'est très simple. Tout est facile en Amérique. C'est vous qui compliquez les choses. »

Elle brancha la prise et, à croire qu'elle avait fait cela toute sa vie, elle pressa du pied le bouton marche-arrêt à l'arrière du chariot. L'aspirateur ronronna aussitôt. Grand-mère saisit le tuyau et tous deux se mirent au travail. Voyant sa femme brandir sa nouvelle baguette magique contre ses vieux ennemis et s'attaquer à la saleté avec l'aspirateur envoyé par son frère, grand-père déclara qu'il avait la migraine et décida de prendre la clé des champs — mais cette fois, il n'alla pas plus loin que le verger.

« Elle lui a couru après et elle l'a rattrapé ? » questionnai-je en imitant l'accent de grand-mère.

Maman rayonnait de fierté. Son fils apprenait vite l'histoire et le langage de la famille.

« Lui courir après ? Penses-tu ! Elle s'est bornée à braquer le tuyau dans sa direction et l'aspirateur l'a avalé.

— Ce n'est pas vrai ! Ça ne s'est pas passé comme ça !

— Bon, d'accord. Elle ne l'a pas vraiment aspiré, mais elle est parvenue à le ramener à la maison, dans la cuisine.

« “Assieds-toi, Aharon”, ordonna-t-elle.

« Grand-père s'exécuta, sachant qu'il avait perdu.

— Et après ?

— Après ? Je n'en sais rien. Ils étaient toujours assis sans rien dire quand je suis allée me coucher. »

Allongés côte à côte, les yeux grands ouverts dans le noir, ni l'un ni l'autre ne réussirent à trouver le sommeil, cette nuit-là : lui ressassait sa colère et sa frustration, elle était au septième ciel. Lui : le double traître a gagné. Elle : tout va reluire de propreté.

Le lendemain matin, grand-mère passa l'aspirateur avec l'embout à tête plate. Cela fait, elle fit un test : elle lessiva le sol, l'épongea avec la serpillière qu'elle essora dans un seau, elle y plongea la main, la retira et en inspecta le contenu à la lumière. Le liquide était clair comme de l'eau de roche. Grand-mère était tout heureuse. Pourtant, alors qu'elle astiquait son nouveau jouet avec un chiffon, elle fut prise d'une vague inquiétude. Une crainte diffuse, un léger problème qu'elle ne pouvait ignorer. J'utiliserai une image tirée de son propre univers : quelque chose ternissait sa joie.

À côté de sa cage thoracique, ou plus exactement au-dessous, s'allumait un signal d'alarme, sensation bien connue dont on néglige souvent la signification, car le corps est plus réceptif que l'esprit. L'efficacité trop parfaite de l'aspirateur, cette propreté admirable et sans effort étaient louches. Quelque chose tracassait grand-mère.

21

La mémoire nous joue parfois des tours. Elle émousse, aiguise les faits, en grossit ou amoindrit les acteurs. Elle exalte ou dénigre à volonté. Elle défaille et revient comme ça lui chante si on la sollicite. Elle n'a ni seigneur ni maître, ni chef ni gouverne. Les récits se mêlent et se confondent, les faits font éclore de jeunes pousses. Les situations, les mots, les odeurs — ô les odeurs ! — sont conservés dans un joyeux désordre, sans souci de la chronologie, de la taille, de l'importance, voire de l'ordre alphabétique.

En commençant ce livre, j'ai fouillé dans mes souvenirs et ceux de mes proches. J'aurais bien voulu savoir à quoi ressemblait l'aspirateur de grand-mère, obtenir des informations précises, ses caractéristiques techniques, mais c'était impossible. Ma mère n'était plus de ce monde, et de son vivant, je savais qu'il ne fallait pas ajouter foi aux détails des histoires qu'elle me racontait. Elle était très douée pour inventer les rebondissements de l'intrigue, les faits de simples obstacles fastidieux que l'on pouvait contourner ou utiliser comme un tremplin. Quant à moi, j'avais effectivement vu l'aspirateur dans des circonstances curieuses dont, pour l'heure, je me bornerai à dire qu'elles étaient susceptibles d'influer sur la perception et la mémoire.

Comme il était d'usage chez nous, certains membres de la famille me fournirent leurs versions respectives, tantôt clairement tendancieuses, tantôt dans le simple but de se démarquer des autres. Je me suis donc rabattu sur des sources objectives et j'ai découvert quelques données intéressantes, à défaut d'un modèle hautement fiable.

Le premier aspirateur date de 1869, des décennies avant que l'un de ses descendants débarque chez grand-mère. Manuel et pas vraiment fonctionnel, il ne parvint pas à percer sur le marché. Ensuite, un engin mécanique très encombrant et bruyant apparut en Angleterre au tournant du siècle. On le transportait d'un foyer à l'autre sur une voiture à cheval, et il était équipé d'un moteur à combustion interne. Une équipe de nettoyage actionnait dans chaque pièce les longs tuyaux reliés à l'appareil, stationné à l'entrée de la maison.

Le palais royal y avait eu recours à plusieurs reprises, pas forcément pour dépoussiérer Buckingham Palace — où s'activaient sans doute une armada de serviteurs et de chiffons —, mais surtout comme une sorte de spectacle destiné aux invités. Pendant que ces derniers déambulaient dans les salons et les jardins en dégustant des sandwiches au concombre arrosés de champagne et de Pimm's, le monstrueux engin se matérialisait dans la cour, déployait ses tentacules à l'intérieur du château et se mettait à l'œuvre. J'ignore s'il était efficace ou non, mais il suscitait certainement des discussions passionnées parmi ces aristocrates blasés.

Le premier aspirateur électrique fut inventé en 1907 par un concierge de l'Ohio, James Spangler, allergique à la poussière et souffrant d'asthme chronique. Il assembla un manche à balai, un ventilateur électrique, une caisse à savon et une taie d'oreiller. Son prototype réussit à avaler un peu la poussière des carpettes en suspension dans l'air. L'une de ses premières clientes fut une cousine mariée à William Hoover, un sellier et tanneur, lequel s'intéressa à l'invention de Spangler à des fins commerciales. Il lui racheta le brevet, l'associa dans son entreprise, il perfectionna l'appareil et lança une campagne publicitaire révolutionnaire : les ménagères américaines se virent proposer dix jours d'essai gratuit. Le succès fut tel que, quelques années plus tard, la marque Hoover passa dans le langage courant pour désigner l'aspirateur dans le monde entier, à l'exception de notre famille. Aujourd'hui encore, nous l'appelons « *sveeper* », avec l'accent russe évidemment.

Toutefois, comme l'aspirateur, la poussière qu'il est censé combattre et justifie son existence présente le même intérêt. Il se trouve que les particules qui envahissent nos maisons proviennent majoritairement des cellules mortes, cheveux et poils d'animaux domestiques. Grand-mère Tonia avait raison. Mieux valait reléguer les humains à l'extérieur, sous la véranda où leurs peaux mortes pouvaient tomber sans souiller les parquets fraîchement lessivés.

Notons que cette découverte concerne la poussière en Amérique, où les fenêtres sont closes, où la climatisation brasse un air propre et où les femmes au foyer ont les mains manucurées. Chez grand-mère Tonia — un bungalow aux volets de bois et moustiquaires avec une cour donnant sur la campagne, dans un village du Moyen-Orient — s'infiltrait une poussière d'une autre sorte, constituée de minuscules particules de terre dont M. Hoover n'aurait jamais pu soupçonner l'existence.

Les rapports complexes qu'entretenaient les pionniers juifs avec la terre ont fait couler beaucoup d'encre, mais le cas de grand-mère Tonia était plus épineux encore. Elle possédait une information que le sionisme semblait méconnaître : la terre n'était pas seulement vierge, l'héritage ancestral, un refuge pour les Juifs errants et persécutés. En certaines circonstances, pas si exceptionnelles, elle était synonyme de saleté, un point c'est tout.

Lourd et fertile, le sol de la vallée de Jezréel présentait deux aspects : poussière l'été et boue l'hiver. D'une manière ou d'une autre, la saleté était incontournable. À l'origine, les rues de Nahalal n'étaient pas pavées, les cours n'étaient pas de basalte pilé, encore moins en béton. L'hiver, la boue était profonde et collante, au point qu'on s'y enfonçait à mi-genou et que les roues s'y enlisaient jusqu'aux moyeux. On y perdait ses bottes et les jeunes enfants y faisaient de la « luge de boue » à califourchon sur des planches de bois et des plaques de tôle. La boue adhérait partout, si bien qu'on la transportait n'importe où, jusque dans les maisons. Quand j'étais petit, des années plus tard, nous glissions dans nos cartables des chaussons que nous enfilions en classe. À notre époque où règnent l'asphalte et le ciment, on voit encore dans les villages de la vallée, sur le seuil de chaque maison, les armes utilisées pour lutter contre la boue : un paillasson, un tire-botte et un racloir.

L'été, la terre était si sèche que la poussière se formait sur les chemins piétinés par les sabots des chevaux, les bottes des fermiers et les roues des voitures — un commando d'infiltrés particulièrement déterminés, composés de fragments de terre, de pollen, de restes de la pâtée destinée aux vaches et aux poules, de brins de paille, de duvet de poussin, de poils d'animaux, de minuscules résidus de bouse sèche et de la fiente de « ces sales pigeons », toute cette vaillante armée volant sur les ailes du vent à la recherche d'un interstice par où s'infiltrer et salir sur son passage.

La poussière gagna du terrain avec la multiplication d'engins plus rapides, tels les tracteurs ou les voitures. Grand-mère Tonia s'en prit aux conducteurs et alla même jusqu'à installer un tourniquet au milieu de l'allée, derrière la maison. Entre deux maux, la poussière et la boue, elle choisissait le dernier. Gluante et dense, celle-ci était visible à l'œil nu, tandis que la poussière se faufilait en douce avec une légèreté séductrice.

Quand j'étais petit, je restais des heures, le matin, à regarder voltiger les grains de poussière dorés, prisonniers des rayons du soleil. Notre chambre, à Jérusalem, était orientée au nord, de sorte que ce ballet était invisible. Mais les fenêtres de celle de Nahalal donnant à l'est, et celles de la pièce où je dormais chez grand-mère au nord-est, je pouvais les voir étinceler, telles des paillettes d'or dans les premières lueurs filtrant à travers les persiennes.

C'était l'un des tableaux les plus fascinants de mon enfance, une agréable façon de commencer la journée. Grand-mère m'obligeait à me lever à l'aube, je l'ai dit, mais le samedi elle m'autorisait à faire la grasse matinée. Un jour que je contemplais un rai de lumière où dansaient des grains de poussière dorée, Tonia entra dans ma chambre et, au lieu de me tirer du lit à son habitude, elle me proposa du thé, pas dehors, sous la véranda, mais à la cuisine. « J'arrive, dès qu'ils auront fini de danser, répondis-je, perdu dans mes pensées.

— Qui va finir de danser ? » demanda-t-elle, sa méfiance éveillée.

Elle était constamment sur ses gardes — on allait lui salir la maison, lui échapper, épouser à son insu quelqu'un ayant des enfants d'un premier mariage qui lui feraient des taches partout, laisseraient des traces, lui érafleraient les murs. Des danses maintenant ! Elle ne comprenait pas, mais cela n'augurait rien de bon.

Jeune et naïf comme je l'étais, je ne me doutais pas de la suite des événements.

« Regarde, fis-je, le doigt en l'air.

— J'ai tout nettoyé hier et il y a déjà toute cette poussière ! » s'écria-t-elle, horrifiée.

Je pouvais dire adieu au thé, au biscuit et à l'histoire qui n'aurait pas manqué de suivre.

« *Ah-nu*, debout, enchaîna-t-elle. Arrête de lambiner au lit, shabbat ou pas, je dois faire le ménage. »

22

Les jours suivants, un nouveau problème surgit : à l'heure où arriva l'aspirateur, cet après-midi-là, le vent soufflait si fort dans la vallée de Jezréel qu'au moment où oncle Yitzhak donna les chiffons américains à grand-mère les journaux tapissant le fond de la caisse s'envolèrent dans toutes les directions. L'incident passa inaperçu mais, quelque temps plus tard, on retrouva des pages coincées dans les branches du citrus de grand-père Aharon, lequel dans l'intervalle avait donné du maïs, des artichauts et des haricots.

Grand-père se hâta de les décrocher non sans y jeter un coup d'œil machinal. Même s'il ne savait pas l'anglais, les photos et les publicités étaient suffisamment éloquentes pour mesurer les risques encourus. Il s'adressa au comité, lequel institua aussitôt une commission d'enquête ayant pour consigne de retrouver, ramasser et détruire les pages du journal avant qu'elles ne provoquent d'éventuels dégâts.

L'entreprise était malaisée. Le vent les avait dispersées tous azimuts. Certaines avaient échoué dans le fossé au bord de la route, dans les gouttières des poulaillers, les hautes cimes ondulantes des washingtonias. On les retrouva pliées à l'intérieur des bulletins et des revues du parti, dissimulées sous des bottes de foin dans les étables. Le danger fut prévenu à temps, de sorte que les villageois, notamment les plus jeunes, reprirent vite leurs bonnes habitudes et se remirent à lire des livres, à la maison ou en bibliothèque, outre le journal *Davar* et la feuille de chou locale.

Grand-mère Tonia ne s'aperçut de rien. Primo, parce que ces choses-là ne l'intéressaient ni ne la perturbaient. Secundo, son nouveau joujou accaparait toute son attention. Le cadeau du double traître avait atteint son objectif: la vengeance et le ménage. Grand-père Aharon était le témoin exaspéré et impuissant de cette nouvelle présence américaine dans son foyer. Grand-mère Tonia était si contente qu'elle n'aurait renoncé pour rien au monde à son *sweeper*, lequel avait conscience de faire partie des privilégiés pour avoir atterri chez un client satisfait. La tâche était ardue : ici, la poussière était mal dégrossie, elle manquait du raffinement de l'autre, l'américaine, mais notre aspirateur s'en sortit haut la main. Quant à la ménagère, si tatillonne fût-elle, elle n'en reconnaissait pas moins la compétence de l'engin.

Pourtant, j'y ai fait allusion, le drame couvait comme le feu sous la cendre, le destin s'amusait à nos dépens, comme toujours quand il se plaît à bouleverser les projets humains avant de partir de son fameux rire. Il y eut des signes annonciateurs — il y en a toujours — mais, cette fois encore, on n'en tint pas compte, au début du moins. Instinctive et méfiante de nature, grand-mère les avait reconnus, mais elle était trop obnubilée par son balai magique pour en faire cas.

Au bout de plusieurs jours, elle finit pas comprendre ce qui se passait sous son nez. Une nuit qu'elle souffrait d'insomnie malgré la fatigue, elle se releva, déambula d'une pièce à l'autre et finit par aller voir l'aspirateur. Elle souleva la housse qui le protégeait — rien n'empêche un aspirateur de capturer la poussière, au cas où vous l'ignoreriez — et s'abîma dans la contemplation de l'appareil qui, arborant un sourire obséquieux, luisait faiblement dans l'obscurité. Elle le gratifia d'une caresse, ou y passa le torchon qu'elle portait sur l'épaule, et se recoucha. Impossible de fermer l'œil. Elle réfléchit, retourna le problème en tous sens jusqu'à ce qu'elle parvienne enfin à verbaliser son impression. Elle venait de comprendre ce qui la turlupinait, une question très simple : où passait la poussière avalée par l'aspirateur ? Où se cachait la saleté qu'il délogeait ?

Avec les méthodes traditionnelles, elle pouvait voir son ennemie traverser les différentes phases de la défaite et de la débandade : frottée, lessivée, balayée, ramassée, récoltée à l'aide d'une pelle, jetée à la poubelle ou sur le tas de fumier. Quand elle lavait les sols, l'eau devenait trouble dans le seau. Lorsqu'elle nettoyait un meuble, les salissures, visibles à l'œil nu, adhéraient au chiffon. Or là, comme par l'effet d'une baguette magique, il suffisait que le sweeper se promène dans une pièce pour que la saleté se volatilise et disparaisse à jamais.

Ses vieux amis et alliés — le balai, le chiffon, la brosse, la pelle, la poubelle, la fosse à purin — travaillaient à la vue de tous dans un esprit de « transparence » comme nous disons aujourd'hui. Alors que là, c'était de la sorcellerie — un petit coup par-ci, un petit coup par-là, quelques borborygmes et grognements, et le tour était joué, la maison toute pimpante, propre comme un sou neuf.

Ce mystère la perturbait. Elle n'avait jamais approché un outil aussi sophistiqué et complexe qui dépassait son entendement. Elle n'était pas du genre rétrograde et réfractaire au progrès, bien au contraire ! Dans sa jeunesse, elle tirait l'eau d'un puits ukrainien, alors que là, en Palestine, elle possédait sa propre maison avec l'eau courante et l'électricité. Quoi qu'il en soit, à l'étable, le fermier s'asseyait toujours sur un petit *taburetka* pour traire avec ses doigts, il tenait le pis de ses vaches à pleines mains, pendant que le lait giclait dans le seau avec un timbre différent à mesure qu'il se remplissait. Le maïs était coupé à la faux, l'alfalfa à la faucille, ou avec une moissonneuse tirée par un cheval. On voyait les lourds épis ployer la tête, on en humait les tiges qui verdissaient les doigts avant de les récolter à la fourche. Bref, l'aspirateur effectuait un petit tour de magie inexplicable, contraire aux lois de la nature et au sens commun. Il escamotait la saleté.

Grand-mère Tonia qui avait fréquenté le lycée était capable de réciter par cœur des poèmes en russe, mais pour l'heure, devant les mystères du progrès américain, elle se sentait un peu comme un indigène du Pacifique face au premier trois-mâts européen toutes voiles dehors, sa proue altière tournée vers la côte. Un coup de canon. Une lointaine explosion, un petit nuage de fumée. Personne n'avait rien compris, le boulet était invisible à l'œil nu, pourtant, une seconde plus tard, le village était la proie des flammes.

Où disparaissait donc la saleté ? Elle avait échafaudé puis écarté plusieurs scénarios, dont certains étaient si effrayants qu'elle n'avait pas de mots pour les formuler. Résolument pragmatique, pas mystique pour un sou, elle avait une perception saine et intuitive de la loi de conservation de la masse, surtout si la masse en question était la saleté. Aussi ne lui fallut-il que quelques heures de réflexion, du général au particulier et vice-versa, pour parvenir à une conclusion : la saleté devait se trouver à l'intérieur de l'appareil ! La seule solution était de l'ouvrir pour en avoir le cœur net.

Elle lui jeta un regard oblique, de peur d'éveiller ses soupçons ou dévoiler les plans qu'elle mijotait. Au cas où cette créature se douterait de quelque chose, elle pourrait avoir une réaction totalement imprévisible — vomir tripes et boyaux et détaler au grand galop, par exemple. Ce qui serait aussi bien, finalement, plutôt que de s'enraciner à la maison ; la saleté avait beau être invisible, elle n'en était pas moins là, chez elle. Et la saleté, c'était sale. Crasseux. Malpropre. Allez savoir ce qu'elle pouvait bien manigancer, tapie dans le ventre de son aspirateur tout neuf !

Elle tourna en rond, la joue gauche cramoisie de colère, craignant de démonter l'engin — qu'allait-elle découvrir dans ses entrailles ? Comment se comporterait-elle ? Et lui ? Et si elle déglinguait quelque chose ? Saurait-elle le réparer ? En désespoir de cause, elle appela à la rescousse son frère de Kefar Yehoshua.

Yitzhak accourut, il écouta ses récriminations et éclata de rire.

« Évidemment qu'elle est dedans, où veux-tu qu'elle soit, Tonichka ? Il ramasse toute la saleté de la maison, et donc il faut l'ouvrir pour le vider.

— Si la saleté est à l'intérieur, alors il est sale ! Il est sale ! répéta-t-elle sur un ton accusateur, comme pour retourner le couteau dans la plaie.

— Ce n'est pas dramatique, Tonichka. Il faudra le nettoyer de temps en temps, comme n'importe quel autre appareil. »

Grand-mère n'en revenait pas.

« J'ai astiqué toute la maison et je devrais le nettoyer lui aussi ? Ça revient à faire un double travail ! s'emporta-t-elle. Pourquoi personne ne m'a rien dit ? »

Elle était furieuse contre l'aspirateur, son mari, oncle Yeshayahou, son frère, qui n'avait que Tonichka à la bouche au lieu de l'aider, mais aussi contre le portrait de l'Américaine sur la caisse, cette gourgandine qu'elle croyait être son alliée ! Tout le monde l'avait trompée, chacun à sa façon.

« C'est une machine ultramoderne, reprit Yitzhak. En plus de nettoyer, il capture la saleté. Il fait office de serpillière, de balai, de pelle et de poubelle à la fois. L'aspirateur est la moissonneuse-batteuse domestique, Tonichka, capable de glaner, battre, vanner, séparer et récolter. Maintenant, il n'y a plus qu'à l'ouvrir, retirer la saleté qui se trouve à l'intérieur et la jeter. »

Cette comparaison rassurante n'eut d'autre effet que de l'irriter davantage, car une moissonneuse-batteuse n'escamotait rien. On vannait le blé qui se décomposait en différents éléments visibles à l'œil nu : des sacs de grains, des nuages de paille, des meules de foin. Rien ne disparaissait à l'extérieur ni n'était occulté à l'intérieur. De toute façon, le parallèle était fallacieux. Les moissonneuses-batteuses fonctionnaient dehors, dans les champs remplis de poussière, alors que l'aspirateur opérait à l'intérieur, dans sa maison bien propre.

« C'est sale, reprit-elle. J'ai un appareil plein d'ordures chez moi !

— C'est ton point de vue, Tonichka. Je ne vois pas où est le problème. Il y a bien une poubelle dans cette maison, non ? »

Grand-mère haussa le ton.

« Ta Haya peut laisser la poubelle à l'intérieur, si ça lui chante, moi je la mets dehors, à côté de la véranda. Et puis une poubelle est une poubelle ! Ça s'appelle comme ça ! Alors que là, il s'agit d'un objet censé nettoyer ma maison, c'est bien ce qu'il est, ce *sveeper*, non ? Sauf qu'il est sale ! »

Yitzhak comprit qu'il s'était complètement fourvoyé — il y avait une sérieuse divergence de vue entre eux, deux visions du monde antagonistes. Il aurait fallu dès le départ lui expliquer le fonctionnement de l'appareil, point par point, depuis la phase de nettoyage jusqu'à l'élimination des déchets. Il aurait dû insister pour le démonter et lui en montrer le mécanisme avant usage.

À présent, c'était trop tard. Sa sœur se méfiait comme de la peste de la saleté dont elle connaissait les agissements, les intrigues, les ruses : elle se faufilait partout, se cachait, s'accumulait, s'entassait, elle s'infiltrait dans le moindre interstice, volait au vent, s'incrustait. Le double traître avait, à l'évidence, plus d'un tour dans son sac. L'aspirateur qu'il lui avait expédié était en fait un cheval de Troie, pire encore, un collaborateur.

À ce stade, je dois préciser que la métaphore du cheval de Troie est de mon cru, pas de grand-mère Tonia. Malgré sa connaissance intime des chevaux, tant en Ukraine qu'en Palestine, et ses études secondaires, je doute fort que le cheval de Troie ait fait partie de l'ordre de ses associations d'idées. Elle n'aurait pas beaucoup apprécié l'*Iliade* et l'*Odyssée*, c'est sûr. Primo, elle n'aurait jamais attendu vingt longues années, comme Pénélope. À peine Ulysse se serait-il sauvé à Troie qu'elle se serait lancée à ses trousses pour le ramener à la maison. Secundo, elle ne l'aurait pas non plus laissé rencontrer ses « putes », Circé et Calypso, sans parler des prétendants de Pénélope. Une femme ayant un fils d'un premier mariage pouvait-elle être encore désirable ? C'était inconcevable.

Pourtant, faute de posséder les connaissances techniques de son frère, elle le pria de démonter sur-le-champ l'aspirateur afin d'en percer les secrets. Ravi de pouvoir voir ce qu'il avait dans le ventre, Yitzhak sauta sur l'aubaine, il sortit ses outils et se mit aussitôt à l'œuvre.

Tonia le poussa dehors sans ménagement.

« Pas dans la maison ! Sous la véranda. Et pose-le sur un vieux journal, s'il te plaît. »

Tous trois sortirent dans la cour : grand-mère toujours furieuse, oncle Yitzhak tout réjoui, sans oublier l'aspirateur dégoûtant dont la honte était sur le point de s'étaler au grand jour. Le spectacle n'allait sans doute pas lui plaire, avertit Yitzhak, tandis que ses doigts agiles s'activaient déjà sur les vis et les boulons — l'aspirateur s'ouvrit tout grand. L'intérieur fourmillait de pales, cylindres, courroies de transmission, poussière et autres résidus au milieu desquels, d'une laideur repoussante et pareil au cadavre gonflé d'un crapaud, se trouvait un sac en toile plein à craquer.

« C'est là-dedans, souffla Yitzhak.

— Ouvre. Je veux voir.

— Je ne crois pas que ce soit une bonne idée, Tonichka. Regarde toute la saleté qu'il a ramassée. C'est à jeter. Il n'y a rien d'intéressant.

— Ouvre, je te dis ! »

Il s'exécuta et déversa le répugnant contenu sur le journal étalé par terre. Grand-mère l'examina, y enfonçant même le doigt. Des cadavres d'insectes, certains salement amochés se débattant dans l'agonie, émergeaient de l'épaisse poussière grise. Il y avait aussi des cheveux, des miettes de nourriture — qui avait bravé l'interdiction formelle de manger dans la maison ? Elle se perdait en conjectures sur l'éventuel coupable quand son regard fut attiré par une rognure d'ongle. Quelqu'un avait osé se couper les ongles à l'intérieur et avait abandonné les débris par terre ! Grand-mère les ramassa, déterminée à trouver le fautif à qui elle arracherait la peau.

C'est alors que survint la catastrophe. Un brusque coup de vent souleva un petit nuage de poussière sous ses yeux. Elle poussa un cri de détresse à l'idée que quelques particules, voire toutes, s'en retournent dans la maison.

Yitzhak réalisa aussitôt la gravité de la situation.

« Ça ne devrait pas arriver puisqu'on vide le sac dans la poubelle, et qu'on la jette ensuite dans la fosse à ordures, la rassura-t-il.

— La preuve que si. Et maintenant, il faut tout recommencer et nettoyer l'aspirateur après. »

Elle s'empara du chiffon d'épaule qui ne la quittait jamais — le seul membre de la famille sur qui elle pouvait compter.

« *Ah-nu*, Yitzhak, tu vois ? Ce n'est pas seulement le sac, c'est partout. Le *sveeper* a besoin d'un bon décrassage. Regarde ici, il est tout sale et rempli de poussière. Ici aussi. Et là… »

L'intérieur du traîneau était effectivement maculé de poussière et de taches.

Yitzhak sourit.

« C'est la vie, Tonichka. Les tracteurs sont noirs de boue et de graisse. Les pinceaux sont pleins de peinture. L'alfalfa rouille la faucille. Le poissonnier sent le poisson et l'aspirateur est couvert de poussière.

— Je dois le nettoyer », insista Tonia.

Ytizhak perçut sa frustration et son désespoir. Grand-mère le pria de mettre l'aspirateur en pièces détachées, ce qui, pour le plus grand bonheur de son frère, requérait une panoplie de tournevis et de clés de toutes sortes.

Il désossa le sweeper et en disposa les morceaux, dans l'ordre où il les avait retirés, sur le vieux drap que sa sœur avait déployé à cet effet sous la véranda. Elle les récura un à un selon sa bonne vieille méthode, pas de gadget propre aux Américains ni aux traîtres naturalisés — elle frotta avec un torchon mouillé, savonna, passa un linge humide puis un chiffon sec. Elle les nettoya, les enveloppa, puis demanda à Yitzhak de rassembler le tout.

« Si tu as l'intention de faire ça chaque fois que tu l'utiliseras, c'est un peu exagéré ! commenta son frère. Cet aspirateur est censé t'aider, pas te compliquer la vie. Et puis je ne pourrai pas venir te le démonter et te le remonter deux fois par semaine. J'ai un ami entrepreneur à Haïfa, il a de l'argent. Il sera très content de te le racheter pour sa femme. »

Quoi qu'il arrive, grand-mère Tonia ne sacrifiait jamais rien. Ni sa ferme, ni sa terre, ni son ménage, ni son mari. Personne n'hériterait de son vivant.

« Le *sveeper* reste ici ! » trancha-t-elle d'un ton sans réplique.

Il se produisit alors un autre incident dont les conséquences ne se manifesteraient que des années plus tard. Yitzhak s'employait à remonter l'aspirateur en étudiant au passage chacun de ses éléments quand le joint d'étanchéité attira son attention.

Il redressa la tête.

« Tonichka, il y a quelque chose qui cloche dans ce joint, j'en ai peur.

— Quoi encore ? s'inquiéta grand-mère.

— Ne t'en fais pas. Pour le moment, il marche très bien et il tiendra encore un bon bout de temps. Il n'y aura peut-être jamais aucun problème d'ailleurs. Mais un jour, dans plusieurs années, il pourrait perdre son élasticité et laisser passer un peu de poussière.

— De la poussière ? Où ça ?

— Je ne suis pas sûr qu'elle s'échappera, et même si c'est le cas, il y en aura très peu. »

Grand-mère bondit sur ses pieds. La décision d'enfermer ce traître et de ne plus jamais s'en servir germa alors dans son esprit.

Dès que Yitzhak eut terminé, elle saisit le tuyau et se dirigea vers la porte de derrière, l'aspirateur lui emboîtant docilement le pas, inconscient du sort qui l'attendait. Elle entra dans la maison, traversa le salon et gagna la salle de bains inutilisée, le sweeper sur ses talons, tout excité à l'idée de nettoyer cet endroit inconnu, quand la toile dans laquelle il était arrivé lui tomba brusquement dessus, deux mains robustes le soulevèrent pour le déposer dans la caisse où il se retrouva solidement ligoté avec la grosse corde blanche d'oncle Yeshayahou et emmailloté dans une camisole de force — un drap blanc, semblable à ceux qui recouvraient les meubles dans les chambres closes —, une couverture coiffant le tout. Après quoi, sa maîtresse quitta les lieux en fermant la porte derrière elle.

L'obscurité régnait comme dans la cale du bateau et le wagon du train. Silence. Puis le cliquetis d'une clé qu'on introduit et qu'on tourne dans la serrure. La pièce était verrouillée à double tour.

23

Quand l'aspirateur de ma grand-mère fut fabriqué dans l'une des usines de General Electric aux États-Unis, en 1935 ou 1936, il était loin d'imaginer les multiples péripéties, aventures et déboires qu'il allait vivre. Et certainement pas le sort qui l'attendait. Il mènerait une existence semblable à celles de ses congénères de la chaîne de montage, se figurait-il sans doute : de la sortie de l'usine à un bref séjour à l'entrepôt, puis direction le magasin, où il patienterait bien emballé dans la réserve. À moins qu'il ne soit joliment exposé dans la boutique, voire la vitrine, avant d'être vendu et livré dans son nouveau foyer où il ferait la connaissance de la maisonnée et se mettrait au travail.

La vie d'un aspirateur lambda n'a rien de très excitant. La même personne, en général une femme, plus rarement un homme, le passe une ou deux fois par semaine dans les mêmes pièces où il absorbe les mêmes résidus. De temps en temps, quelque événement inattendu vient rompre la monotonie : un fragment d'origine inconnue, un cheveu étranger, ou plus palpitant encore : le jour où l'on vide le sac ! Sans parler de l'achat d'un nouveau tapis !

Parfois, un petit garnement tente une expérience : peut-on aspirer le chien ? Un avion de papier en vol ? Un malheureux cafard se carapatant sous l'évier ? En cas de divorce, c'est le plus souvent madame qui hérite de l'aspirateur, tandis que monsieur s'en va vivre avec sa nouvelle compagne, laquelle possède son propre aspirateur demeuré en sa possession après la dissolution de son couple.

Le sweeper de mon aïeule aurait mérité une biographie un peu plus fascinante. Il n'avait pas suivi le parcours normal de l'usine au magasin puis à une maison du voisinage. Il s'était lancé dans un long périple à travers les continents et les océans, la crête des vagues et les cimes des montagnes, les routes et les voies ferrées pour échouer dans une carriole tirée par un cheval blanc, sans oublier des yeux bleus, un stylo jaune, l'or des chaumes, le vert d'un champ.

Il en avait retiré un grand plaisir, une certaine fierté, même. À présent, dans la salle de bains obscure, il commençait à trouver que la médiocrité d'une existence ordinaire, comme celle de la plupart des gens et des aspirateurs, avait un certain charme au fond. Pourquoi n'était-il pas resté en Amérique ? Et pourquoi n'avait-il pas atterri chez une ménagère américaine normale avec une robe à pois, la bouche fardée et les doigts manucurés ? Une Américaine comme lui, pour qui le mode d'emploi d'un aspirateur n'aurait pas de secret ? Bien sûr qu'il se salirait. C'était justement sa fonction, pour qu'elle ait une maison propre, des mains impeccables et le sourire aux lèvres.

En outre, durant le trajet vers la Palestine, l'aspirateur connaissait le but de son voyage : il était attendu par sa maîtresse dont il devrait nettoyer le foyer, alors que maintenant, séquestré dans la salle de bains, il se laissait gagner par le doute et le désespoir pour finir par se rendre à l'évidence : il ne reverrait plus jamais la lumière du jour.

Il avait des compagnons de cellule : trois services de porcelaine n'ayant jamais servi, de magnifiques nappes toutes neuves bordées de dentelles, des parures de lit où jamais personne n'avait couché, rêvé ni fait l'amour. Mais aucun de ses codétenus n'avait commis un crime passible de la réclusion à perpétuité.

Dehors, la vie continuait. Les arbres portaient des fruits. Les poules pondaient. Les vaches donnaient du lait en abondance. Des harengs étaient préparés et consommés. Les murs et les sols lessivés, rincés et séchés, au savon et à la benzine. La boue collait aux semelles, la crasse aux ongles. La poussière flottait dans l'air, réussissait à pénétrer chez les voisins, mais pas chez grand-mère Tonia d'où elle se voyait refoulée.

Le temps fuyait. Des petits-enfants étaient nés et grandissaient. Ils se baignaient dans l'abreuvoir, au coin de l'allée, écoutaient leurs parents raconter des histoires : tu vois, ici, c'est le citrus spécial de grand-père, aujourd'hui, il produit des pamplemousses, mais avant, il y poussait des anchois et des tomates. Une vipère s'est faufilée à cet endroit, et je l'ai tuée avec un balai. Une brosse à chaussures ? Qui t'a raconté une chose pareille ? Là, on attachait notre ânesse. Ah, une bête si intelligente ! La nuit, elle volait pour aller voir les rois dans leurs palais. Lequel avait sa préférence ? Celui qui lui offrait la plus grosse ration d'orge, pardi !

Sans parler des humiliations. Très loin, en Amérique, oncle Yeshayahou était encore plus mortifié que lorsqu'on lui avait renvoyé ses dollars. Le bruit courait que grand-mère Tonia — et dire qu'il avait compté sur sa collaboration ! — avait dédaigné son cadeau dont elle refusait de se servir. Il en était profondément meurtri. Les pionniers de Palestine étaient des révolutionnaires, donc extrémistes et intransigeants, il le savait. Et en bon Américain fier de l'être et cultivé, il n'ignorait pas que ces socialistes étaient dangereux. Grand-mère Tonia, à sa façon, était encore plus radicale, ce qui, le concernant, représentait une plus grande menace.

Les années passèrent. Et pendant que les souvenirs étaient gravés et forgés dans les mémoires, les récits racontés dans différentes versions, le sweeper américain se morfondait dans la salle de bains fermée à double tour, à Nahalal. « Les meubles de ma mère se trouvent là derrière », répétait maman en passant devant les portes closes des pièces défendues, si grand-mère Tonia nous autorisait à entrer dans la maison quand nous lui rendions visite. « Et ici, il y a son aspirateur », précisait-elle.

L'air se figeait. Les rares grains de poussière retombaient sur le sol carrelé. Des bruits résonnaient à travers la cloison : des meubles qu'on bougeait, des serpillières qu'on essorait, le tic-tac bruyant du réveil, les disputes du couple — les poèmes de grand-père se raréfiaient à mesure que grand-mère se répandait en récriminations, le cri de la chouette auquel faisaient écho les fines volutes des ronflements de Tonia, tandis que ceux d'Aharon de plus en plus bruyants stoppaient net, comme s'il se faisaient peur, avant de reprendre de plus belle.

Une année s'écoula, puis une autre et une autre encore. Durant quarante ans, l'aspirateur vécut confiné dans le noir, enveloppé dans son linceul blanc, aussi propre et immaculé qu'au jour de sa naissance. Ses charnières étaient immobiles, ses pales au repos, son gros tuyau inanimé comme le cadavre d'un serpent. Grand-mère ouvrait la porte de temps en temps, me rapporta maman. Un rayon de lumière et d'espoir s'infiltrait alors, d'un rapide coup d'œil elle comptait les prisonniers pour s'assurer qu'aucun ne s'était fait la belle, et dressait l'état des lieux : un grain de poussière se serait-il insinué par la porte verrouillée ? Le battant se refermait aussitôt. Silence et obscurité. Quarante ans. Rares sont les captifs condamnés à une détention aussi prolongée. Je ne sais pas si un aspirateur a la notion du temps, mais quarante ans, c'est quarante ans. Et c'est long.

Un jour, un soir pour être précis, le sweeper crut entendre la langue d'autrefois, celle d'avant son arrivée, des années plus tôt. À travers la cloison, il perçut des mots et un accent semblables aux siens. Une voix féminine. Une jeune femme. Une compatriote.

La porte s'ouvrit quelques heures plus tard, on actionna l'interrupteur et la lumière jaillit. Grand-mère Tonia défit la corde blanche avec laquelle il était venu en Palestine, elle ôta la couverture, le vieux drap, l'extirpa de la caisse et le délivra du sac qui le recouvrait. L'aspirateur n'en crut pas ses yeux. Quarante ans avaient passé. L'Américaine du portrait et lui-même n'avaient pas changé, mais Tonia avait tellement vieilli qu'il eut du mal à la reconnaître. En revanche, il identifia sans mal le torchon sur son épaule, même s'il était passé par sept cents lavages au moins. C'était l'un des excellents chiffons américains qui l'avaient accompagné à l'époque.

Grand-mère le passa sur son traîneau étincelant, observa son reflet réfléchi par la surface courbe, puis elle s'empara du large tuyau qu'elle tira en douceur.

L'appareil suivit sa maîtresse — ses roues glissaient sans le plus petit grincement. Elle pivota sur ses talons et sortit en l'entraînant derrière elle.

24

De l'âge de treize ans jusqu'à mon service militaire, je passais les vacances et les étés à Nahalal pour aider à la ferme.

Adolescent, j'étais beaucoup plus assidu que dans mon enfance. Je ne cherchais plus à me défiler ni ne proposais de raconter des histoires aux autres, ceux qui ne rechignaient pas à la tâche, d'autant que les anecdotes de Menahem et Yaïr étaient dix fois plus passionnantes que les miennes. Mes oncles me familiarisèrent avec les travaux agricoles, consistant à traire les vaches (manuellement, pas mécaniquement), nourrir les jeunes veaux, nettoyer l'étable, moissonner et charger la récolte, recueillir le sperme des dindons pour féconder les femelles — corvées répugnantes dont je vous épargnerai les détails —, ramasser puis laver les œufs avec mes tantes, et mon occupation préférée : conduire un tracteur et actionner les diverses machines ou les outils agricoles qui y étaient attachés, outre ce qui permettait au fils d'un fermier lambda de gagner ses galons : effectuer une marche arrière avec une charrette, équipée d'une barre d'attelage notamment.

Je commençai par le plus facile : récurer les mangeoires et poser les lignes d'arrosage. J'appris ensuite à atteler Whitey à la carriole et, le matin, pendant que mes oncles s'occupaient de la traite, nous partions ensemble chercher de la betterave fourragère — racine charnue proche de la betterave à sucre, très appréciée des vaches.

Nous quittions la cour, longions la vigne, arrachée quelques années plus tard, et le verger qui serait rasé par la suite. À cette heure matinale, l'air était encore frais et cristallin, le feuillage des pamplemousses gorgé de rosée. Les gouttes tombées à terre s'évaporaient aussitôt avec une sorte de craquement sourd sur les feuilles mortes.

Grand-mère Tonia se dirigeant vers l'« excellente douche » dans l'étable, au début des années 1930.

La terre se réchauffait au rythme du cheval. Le soleil dissipait les voiles de brume nimbant la campagne. Une éclatante nuée de chardonnerets matinaux apparaissait soudain. Aujourd'hui, chassés jusqu'à l'extinction comme les grands vols d'étourneaux qui assombrissaient le ciel, telles des tentures ondoyantes, la grive musicienne que j'écoutais chanter et regardais casser les coquilles d'escargots sur les dalles de pierre, l'agrobate roux dont la queue couleur rouille me hélait depuis le bosquet d'eucalyptus de Nahalal, ils ont disparu de la surface de la terre, mais pas de ma mémoire.

Le champ de betteraves s'étendait au pied de notre lopin de terre — chaque famille du mochav en possédait un —, près des anciennes batteries d'artillerie antiaérienne anglaises défendant autrefois l'aéroport militaire voisin. Notre brave Whitey avait pris un coup de vieux. Il avait apparemment oublié que je l'avais bombardé d'œufs, le jour du mariage de Pnina et Menahem, à moins qu'il ne m'eût pardonné. Il cheminait lentement, conscient que la main qui le dirigeait n'était pas aussi chevronnée et énergique que celle de Menahem ou de Yaïr, mais se gardant d'en tirer parti. Il connaissait parfaitement la répartition des tâches. Au départ, nous nous rendions au champ dans un attelage vide, opération qui ne présentait aucune difficulté particulière. Ensuite, les choses se corsaient : je devais arracher les tubercules, les empiler dans la voiture qu'il devait ramener à bon port, et ensuite c'était à moi de transporter le chargement à l'étable.

Menahem et Yaïr acquirent alors leur premier tracteur : un petit Ferguson que j'appris à piloter à mon tour. L'engin n'était pas sujet aux caprices comme notre cheval; plus rapide et robuste, il ne faisait pas le mur la nuit pour courir le guilledou. Bientôt, le vieil animal se retrouva pratiquement au chômage forcé: ce qui ne l'attrista pas outre mesure, loin s'en faut, jusqu'à ce que mes oncles décident de le mettre au vert. Il passa les deux dernières années de son existence à proximité de la mangeoire, dans l'enclos aux vaches à qui il ressassait ses souvenirs du temps du mandat britannique.

À cette époque, j'avais pris mes distances avec grand-mère Tonia. Je n'étais plus un gamin mais un adolescent préférant à la sienne la compagnie des garçons et filles de mon âge, ou celle de mon oncle Yaïr. Un jour, nous avions même eu une légère altercation à propos de la chope de bière allemande. « Vous n'hériterez pas de moi vivante », répéta-t-elle alors que je la lui réclamais avec insistance. En fait, nos rapports connaissaient déjà des hauts et des bas. Nous ne nous étions jamais vraiment disputés — ce qui relevait de l'exploit la concernant —, mais j'entendais souvent des critiques à son sujet, et je ressentais la honte d'un enfant qui entend dire du mal d'un membre de sa famille, comme ma mère avant moi. Maintenant que j'avais grandi, c'était pire, ses sempiternelles jérémiades et ses drôles de manies accentuaient mon malaise et mon agacement. Plus tard, je découvris un autre aspect de sa personnalité qui contribua à créer entre nous une grande complicité. Elle était plus tolérante et large d'esprit sur le plan des relations entre filles et garçons que n'importe qui dans la famille.

Maman me révéla par la suite que grand-mère avait toujours été ainsi — sa sœur Batsheva et elle avaient été les seules du village à qui leur mère avait donné une éducation sexuelle, des explications sur les menstruations et d'autres sujets tabous auxquels leurs camarades se retrouvèrent confrontées sans aucune préparation. Grand-mère nous fournissait le gîte et le couvert sans se faire prier quand je débarquais accompagné d'une fille. Elle ne prenait pas un air offusqué et s'abstenait de tout commentaire. « Amusez-vous bien ! » nous souhaitait-elle d'ailleurs en guise de bonne nuit.

« C'est la même que la dernière fois, me dit-elle en aparté d'un ton réprobateur, un jour que je profitais une fois encore de son hospitalité.

— C'est ma petite amie, grand-mère. Tu ne l'aimes pas ?

— La question n'est pas là. Je préférerais que tu viennes avec une fille différente quand tu me rends visite. Tu es jeune, jugea-t-elle bon d'ajouter devant ma mine ahurie. Et donc tu devrais changer de fille comme de chaussettes. »

Pour qui douterait de son authenticité, je précise que la citation est exacte.

« C'est pour ça que tu l'as envoyée se laver dans ta “douche très pratique” à côté de l'étable ? Pour qu'elle refuse de revenir la prochaine fois ? »

Grand-mère feignit de ne pas entendre.

« Sache qu'il y aura toujours une chambre et un lit pour toi chez moi. Pas besoin d'aller batifoler dans les champs. »

De grand-père Aharon aussi je m'étais éloigné, même si je n'avais jamais été aussi proche de lui que de grand-mère Tonia. Avec l'âge, il se repliait sur lui-même et se consacrait à la rédaction de ses Mémoires. L'après-midi, il somnolait sous un arbre, lisait un livre ou un vieux journal, quand il ne vaquait pas à ses petites occupations : ramasser des morceaux de fil de fer et de ficelle, secouer et plier les sacs de jute, récupérer de vieilles planches. Outre que cela l'occupait, la chose reflétait l'esprit du Mouvement des mochavim : ne jamais rien jeter. Chaque objet avait sa fonction, son utilité et sa raison d'être. Il pouvait être recyclé, servir d'engrais ou d'aliment, et mille autre usages.

C'était surtout vrai pour le fil de fer. Comme tous les mochavniks, grand-père le ramassait et le fourrait dans ses poches pour une raison simple : si un petit fragment de métal atterrissait dans la mangeoire, une vache risquait de l'ingérer. Et puis le fil de fer était le meilleur ami du fermier. On l'utilisait pour rafistoler un harnais cassé, boucler la porte du poulailler, réparer la clôture, déboucher un tourniquet d'arrosage défectueux. Les histoires de famille lui accordaient des pouvoirs miraculeux : oncle Arik, le mari de ma tante Batsheva, procédait à la révision générale de son tracteur à l'aide d'un simple fil de fer, Ah, notre ânesse si futée, y recourut pour briser le cadenas de l'étable, elle prit ses jambes à son cou, agita ses oreilles et s'envola chez le tsar de Russie, à Moscou. À sa naissance, il n'y avait plus de tsar en Russie ? Et alors ?

25

Mon récit touche à sa fin et, à mon humble avis, à son apogée. Je n'ai pas entendu cette partie de la bouche de ma mère ni de qui que ce soit, mais j'en ai été témoin et y ai même pris part, du coup, les faits sont rigoureusement exacts, aucun doute là-dessus. Mais avant d'aborder le sujet, je m'en vais rapporter une autre version de l'arrivée de l'aspirateur chez ma grand-mère. Question d'honnêteté, afin de ne flouer personne et d'éviter de me brouiller avec mes proches, outre ceux qui m'en veulent déjà.

Alors voilà… quelques années après la création de l'État d'Israël, au début des années 1950, oncle Yeshayahou rendit visite à sa famille en Israël. Il n'avait pas revu son frère et sa sœur depuis plus de quarante ans et ne connaissait pas leurs enfants ni leurs petits-enfants, et malgré les critiques quant à sa double traîtrise, l'existence d'Israël l'emplissait de joie et d'allégresse.

Son objectif avoué était de se réconcilier avec son frère Aharon, mais il voulait également impressionner la famille, montrer que lui aussi avait réussi dans la vie. Il n'avait peut-être pas asséché les marais, fondé un mochav ou un État, mais il ne débarqua pas en Israël les mains vides. Il apporta une montagne de présents, modestes ou coûteux, preuves de sa richesse, de sa générosité, destinés à lui faciliter la tâche et aplanir les difficultés.

En son honneur, on se réunit à Herzliya chez tante Sarah, la sœur de l'oncle Yeshayahou et de grand-père Aharon. L'émotion était à son comble : ce n'est pas tous les jours que la famille se retrouvait au grand complet — sans parler des cadeaux qu'on attendait avec impatience. Et de fait, l'oncle Yeshayahou en mit plein la vue et n'oublia personne. Il y avait des denrées introuvables en Israël en ces temps de rationnement : saucissons, café instantané, conserves de fruits, tablettes de chocolat, tubes de lait condensé, draps de lit, vêtements, jouets et autres articles de luxe que grand-père Aharon considéra d'un œil critique sans mot dire pour ne pas envenimer les choses.

Il y avait d'autres surprises de plus grandes dimensions arrivées séparément. Comme le patriarche Jacob envoyant des troupeaux de grand et de petit bétail à son frère Ésaü en signe d'apaisement avant son arrivée, Yeshayahou expédia à l'avance d'immenses caisses contenant des cadeaux pour sa sœur, son frère, sa belle-sœur, ses neveux et nièces. Il gâta particulièrement sa belle-sœur parce qu'il voulait se raccommoder avec son époux. Un Frigidaire débarqua au port de Haïfa dans un grand conteneur — grand-mère en sortait la crème dont elle me gavait quand elle me trouvait « raplapla » à chacune de mes visites. Sachant qu'elle faisait la lessive dans un grand baquet mis autrefois à bouillir sur un feu de bois, sous le grenadier, et aujourd'hui sur un réchaud à gaz — à la pointe du progrès —, il y avait joint une machine à laver de la marque Easy : un monstre américain posé sur trois pieds et doté de deux tambours : l'un avec un « agitateur » destiné au lavage, et l'autre avec « une centrifugeuse », comme disait grand-mère, pour l'essorage.

Un aspirateur arriva à son tour : pas un General Electric grand et brillant muni de roues silencieuses et d'un assortiment de brosses, mais un engin ordinaire de petites dimensions, dépourvu de roues et recouvert de vinyle gris.

Bref, il n'y avait pas eu de caisse en bois merveilleusement emballée ni de commandant américain portant des galons dorés, de capitaine français haut comme un mât de misaine, de grands convois rapides, pas de petit train de la vallée de Jezréel, de cheval blanc, de champ vert, ni de robe à pois rouges. Rien du tout ! Seulement un petit aspirateur banal apporté en Israël par l'oncle Yeshayahou, non pas dans les années 1930 mais après la guerre de 1948 !

Cette version insipide m'est insupportable. Primo, parce que ce n'était pas la première fois que d'autres variantes des histoires familiales déformaient la vérité. Secundo, parce que je pars d'un principe fondé sur les lois scientifiques et pas sur le droit ou la littérature : selon les savants, si un phénomène possède plusieurs explications possibles, il faut retenir la plus simple. Pareillement, s'il existe plusieurs versions plausibles d'une histoire, chez nous, nous adoptons la plus jolie. Et qu'y a-t-il de plus beau qu'un aspirateur arrivé en Israël dans une caisse en bois contenant un carton à l'effigie d'une charmante jeune femme souriante, la tête en bas comme une échalote, sans oublier le champ, la carriole, le bleu et le jaune, et cela devant les yeux ébahis du village entier ? Rien à voir en tout cas avec une éprouvante journée passée à la douane du port de Haïfa.

Mais l'essentiel est ailleurs. Une nuit, des années plus tard, je vis l'aspirateur de mes yeux. Un General Electric, dont l'année de fabrication correspondait à la version de ma mère, avec de larges roues silencieuses, encore plus grand et brillant que dans ses souvenirs.

26

Alors voilà… un jour, en 1970 — j'étais jeune étudiant —, je me rendis à la poste de Mahane Yehouda, à Jérusalem, pour expédier deux livres à une amie qui travaillait dans un hôpital aux États-Unis. Nous avions fait connaissance deux ans plus tôt — elle était infirmière au centre hospitalier Ha'Emeq d'Afoula, où j'avais séjourné plusieurs mois à la suite de blessures survenues pendant mon service militaire.

Une jeune fille bronzée en short, T-shirt blanc et sandales me précédait dans la queue. Elle se démarquait si nettement des autres qu'elle ne devait pas être d'ici, ni du quartier, ni de Jérusalem, et probablement pas d'Israël non plus. La lanière de l'une de ses sandales bibliques neuves avait formé une petite cloque émouvante à son talon. La barrette relevant ses cheveux en queue-de-cheval était très originale aussi. Elle portait un short d'homme, mais pas de la marque Ata, bleu, aux poches dépassant de l'ourlet, un standard de l'époque : le sien était un short Safari kaki visiblement fabriqué à l'étranger avec de larges poches à rabats. Les jeunes Occidentaux d'aujourd'hui arborent la même tenue, véritable uniforme vestimentaire, mais en ce temps-là, chacun revendiquait sa singularité.

Son parfum aussi était différent, je me rappelle. J'ai l'odorat très développé et une bonne mémoire olfactive ; la peau de cette jeune fille sentait la mer et les grosses pêches orange appelées somersets, je crois — on ne les trouve plus au marché de Mahane Yehouda, ni nulle part ailleurs, ce qui me navre le cœur.

Je la voyais de dos, spectacle ma foi fort plaisant. Elle avait une nuque délicate, comme sculptée, et des jambes robustes ; à mesure que la queue progressait, elle poussait du bout de sa sandale, d'un geste nonchalant et plein de grâce, un paquet portant une inscription en anglais, posé par terre devant elle.

Elle avait dû sentir ma présence dans son dos, sans doute parce que je me tordais le cou pour déchiffrer l'étiquette collée sur le colis, car elle se retourna vivement et me dévisagea avec insistance. J'eus l'heureuse surprise de découvrir qu'elle portait elle aussi des lunettes. Nous échangeâmes le sourire timide des myopes. « Bonjour ! dis-je. — Je suis une touriste, répondit-elle en anglais. Je ne parle pas l'hébreu », ajouta-t-elle dans cette langue avec l'accent américain avant de pivoter sur ses talons.

La file avançait lentement. J'enviais le paquet à ses pieds, tout en observant à loisir ses vertèbres cervicales légèrement saillantes, imaginant une à une les suivantes, le long de son cou, de sa poitrine, de sa taille jusqu'au sacrum et au coccyx, reliquats de l'évolution lovés dans la chair et définitivement figés. Selon les experts de l'évolution morphologique, leur fonction n'est pas clairement définie, mais pour moi, en cet instant précis, elle me sautait aux yeux.

J'étais incapable de lui parler de tout et de rien, comme ces hommes entreprenants et pleins d'audace, c'était consternant. Heureusement, la chance me sourit au moment où arriva le tour de la jeune Américaine. Le petit employé moustachu derrière le guichet ne parlait pas un mot d'anglais et la fille m'avait confié ne pas savoir l'hébreu. Aussi s'adressa-t-elle à moi pour lui servir d'interprète.

Je l'aidai donc à expédier son colis et regagnai la sortie avec elle lorsqu'elle eut terminé.

« Tu n'envoies pas le tien ?

— Une autre fois, ce n'est pas urgent.

— Allez, vas-y, je t'attends dehors. »

Elle alla s'abriter à l'ombre d'un mur tandis que je retournais sur mes pas. Après les chamailleries d'usage — « j'étais là avant » et « demandez à ce monsieur, il m'a vu » — je postai mes livres et me dépêchai de ressortir en priant pour qu'elle soit toujours là et ne m'ait pas faussé compagnie.

« Voilà, j'ai fini, dis-je.

— À qui l'as-tu envoyé ?

— À une amie aux États-Unis.

— Elle fait quoi là-bas ?

— Elle est infirmière. Elle travaille dans un hôpital à Los Angeles. Et toi, tu l'as expédié à qui ?

— À mon copain. Il habite Los Angeles lui aussi.

— Super ! Nos paquets vont voyager ensemble depuis Mahane Yehouda jusque là-bas.

— Et peut-être que nos amis respectifs se croiseront à la poste et que le mien aidera la tienne à récupérer son colis, comme tu viens de le faire pour moi.

— C'est tout à fait possible », dis-je, laissant sous-entendre que nous devions anticiper cette rencontre improbable à Los Angeles par la nôtre, ici et maintenant.

Je connaissais un endroit pas trop cher où manger ? demanda-t-elle. Nous nous trouvions à l'extrémité du marché, aussi m'enhardis-je jusqu'à lui proposer un kebab, rue Agrippas. On venait d'inventer le mixed grill de Jérusalem — la nourriture la plus grasse qui soit. La fille répliqua qu'elle serait ravie d'y goûter.

Elle se présenta — Abigaïl, pas Avigaïl, selon la prononciation hébraïque. J'appréciai sa franche poignée de main, autant que la façon dont elle poussait la boîte du pied, tout à l'heure, et ses manières directes. Nous déjeunâmes tout en bavardant. Elle avait un visage expressif, plein d'humour, et ce petit quelque chose en plus que j'aime tant chez les gens, hommes et femmes confondus — elle rayonnait.

Elle préparait une maîtrise en éducation spécialisée, elle avait vingt-cinq ans, et était née à

Chicago avant de déménager avec sa famille à Los Angeles. L'ami destinataire du colis faisait les mêmes études qu'elle et ils devaient se marier l'été suivant. J'avais vingt-deux ans, lui appris-je à mon tour, et en plus de mes études, j'étais ambulancier la nuit pour la Magen David Adom, l'équivalent israélien de la Croix-Rouge. Pendant la journée, j'élevais des souris blanches au laboratoire de psychologie de l'université hébraïque de Jérusalem, et il était probable que je me marierais également un jour, mais pas avec la fille à qui j'avais expédié les livres.

Elle logeait dans un hôtel de la vieille ville, répondit-elle à ma question. Depuis son arrivée en Israël, la semaine précédente, elle avait visité Tel Aviv et projetait de se rendre en Galilée. J'osai lui suggérer de l'accompagner. Elle accepta mais s'enquit de notre destination et du moyen par lequel nous nous y rendrions. En car, et nous passerions la nuit chez ma grand-mère dans un village de la vallée de Jezréel, l'informai-je. Après quoi, nous aviserions, j'avais un tas d'amis dans le nord du pays.

« Nous allons vraiment dormir chez ta grand-mère ? Tu es le premier garçon à m'inviter chez sa grand-mère, tu sais ?

— Abigaïl, je ne connais pas les garçons que tu fréquentes, mais s'agissant de grands-mères, ils ne font pas le poids, c'est sûr. La mienne est exceptionnelle, et elle sera ravie de me voir débarquer avec une fille. »

Ce n'étaient pas des paroles en l'air. Malgré ses excentricités, et peut-être à cause d'elles, grand-mère Tonia avait une personnalité hors du commun, et elle pouvait être passionnante et charmante à sa façon, quand elle le voulait. Elle avait pris de l'âge, mais elle savait toujours raconter des histoires, au point de tenir en haleine les amies qui m'accompagnaient lors de mes visites — à une exception près, à qui elle avait mis d'autorité un seau et une serpillière dans les mains pour l'aider au ménage.

« Indépendamment de moi, ma grand-mère vaut le déplacement », affirmai-je à Abigaïl.

Nous convînmes de nous retrouver deux heures et demie plus tard à la gare routière. Je courus à la Magen David Adom pour permuter mon tour de garde, et après une visite éclair au labo afin de prendre congé des souris et dans le meublé que je louais pour préparer mon sac, je fonçai au guichet de la gare routière centrale. Le car nous conduisit à Haïfa, où nous prîmes l'omnibus pour Afoula. Nous avions bavardé pendant tout le trajet. Alors que le bus entamait la montée de Tivon, Abigaïl me demanda d'échanger nos lunettes, histoire de voir par les yeux de l'autre une petite minute.

C'était très doux et excitant à la fois, la ressemblance et la différence, la mise à l'épreuve et la confiance, comme un premier baiser, d'abord hésitant puis de plus en plus assuré, en guise de prélude à ceux qui allaient suivre, les vrais. Les couples porteurs de lunettes comprendront ce que je veux dire, quant aux autres, inutile que je perde mon temps avec des esprits obtus. Quoi qu'il en soit, je ne doutais pas qu'Abigaïl serait enchantée par les modalités d'hébergement chez ma grand-mère.

Nous descendîmes au carrefour de Nahalal et poursuivîmes à pied. L'air fleurait bon la paille, les casuarinas et la poussière. Un fermier arrêta son tracteur et nous offrit de monter. Nous étions assis épaule contre épaule, nos coudes se frôlant. Sa peau douce comme de la soie sentait le sel et la pêche. Nos visages se rapprochèrent et nous échangeâmes un premier baiser. Chaste et furtif dans un sourire, sans ôter nos lunettes. Le fermier sur son tracteur n'y vit que du feu.

Une fois arrivés, je me décidai à expliquer à Abigaïl ce qui l'attendait pendant le trajet qui nous séparait de chez Tonia.

« Une visite à ma grand-mère, ce n'est pas une partie de plaisir, que tu le saches.

— C'est quoi son problème ?

— Elle est maniaque de la propreté.

— Bah ! Ma mère aussi. »

J'esquissai un sourire poli.

« Tu ne comprends pas. Je crois que tu n'as pas vraiment idée de l'ampleur des dégâts.

— Ma mère nettoie entre les carreaux de la salle de bains avec un cure-dent. Et elle s'y colle elle-même, parce qu'elle ne fait pas confiance à la femme de ménage.

— Tu marques un point, mais ma grand-mère bat ta mère à plate couture. Elle lessive les murs et protège les poignées des portes et des fenêtres avec un petit chiffon pour les préserver des traces de doigts.

— Ma mère désinfecte la douche après chaque usage ! »

J'éclatai de rire.

« Parce que chez vous on se lave dans la douche ? Chez ma grand-mère, c'est strictement interdit. On se sert d'un tuyau fixé au mur de l'étable, "une douche très pratique", si l'on peut dire.

— Ma mère conduit toujours une Buick des années cinquante, mais elle change d'aspirateur chaque année dans l'espoir que le nouveau modèle soit plus performant et aspire trois grains de poussière de plus.

— Abigaïl, comme je t'aime bien et que j'ai pitié de toi, je ne voulais pas mettre la question de l'aspirateur sur le tapis. Mais puisque tu l'as évoquée la première, sache que ma grand-mère en a un elle aussi.

— Et alors ? fit Abigaïl, d'un air de dire : C'est courant ! Un tas de gens en possèdent un. Ça ne veut pas dire qu'ils ont l'obsession de la propreté.

— Elle a un aspirateur qu'elle n'utilise pas.

— Il ne marche pas ?

— Pire. C'est pour éviter de le salir.

— Pardon ?

— Comme je te le dis. Parce qu'il se remplit de poussière et de crasse et qu'il faut le nettoyer après.

— Tu as gagné, admit-elle.

— Au fait, quand tu vas expérimenter tout à l'heure "la douche très pratique" de l'étable, les vaches n'en perdront pas une miette, et moi non plus. »

27

Le soleil se couchait au moment où nous arrivâmes chez grand-mère Tonia. On n'entrait pas par la porte de devant, expliquai-je. Nous fîmes donc le tour de la maison. Il fallait rester sur l'allée pavée pour ne pas salir la maison. « Grand-mère !... Grand-mère !... appelai-je sur le seuil de la porte de derrière — on ne pouvait pas ouvrir et entrer sans permission.

Ma grand-mère apparut et son visage s'éclaira.

« Je suis heureuse de te voir », dit-elle, les yeux braqués sur ma nouvelle amie.

Je l'embrassai sur les deux joues, ce qui lui fit plaisir. Nous nous étions rabibochés depuis que je n'étais plus un adolescent boutonneux. À peine étions-nous installés sous la véranda qu'elle remarqua que j'avais l'air « raplapla », mais n'ayant pas de crème à m'offrir, elle se mit à égrener la longue litanie de ses doléances : Menahem s'était fâché avec elle pour une raison quelconque et avait omis de lui préparer la crème ; grand-père « s'était sauvé » à Binya depuis plusieurs jours ; Yaïr était parti à Haïfa sans l'avertir, alors qu'il devait lui rapporter différentes bricoles de la ville ; Batsheva lui rendait trop rarement visite et Batya, ma mère, s'était rendue chez Itamar, à Hanita.

« Grand-mère, coupai-je, j'ai fait ce que tu m'as dit. Je suis venu avec une nouvelle amie, et tu n'as même pas demandé comment elle s'appelle. Je te présente Abigaïl, elle est américaine et ne parle pas hébreu, alors nos histoires de famille ne risquent pas de l'intéresser. »

« Américaine... », répéta grand-mère, impressionnée.

Je constatai qu'elle boitait et que ses forces commençaient à décliner quand elle se mit debout en soupirant.

« Nous allons dîner et causer un peu, ensuite, j'irai préparer votre couche. »

Abigaïl, qui ne pouvait saisir l'acception délicieusement désuète de ce terme, comprit dans les grandes lignes et se leva à son tour.

« Je vais vous aider, proposa-t-elle en anglais.

— *No please, sit* », répliqua grand-mère en employant les trois mots sur les neuf auxquels se résumait son lexique dans cette langue, appris du temps où les soldats britanniques basés sur l'aéroport militaire voisin venaient lui acheter son merveilleux fromage au mépris des consignes du parti. Les six autres, soit dit en passant, étaient *one*, *two*, *three*, *stop*, *sweeper* et *yes*.

Elle se tourna vers moi.

« Traduis, s'il te plaît. Dis-lui que je n'ai pas besoin d'aide. »

« Elle n'a pas besoin d'aide pour l'instant, mais si tu lui plais, demain, elle te demandera un coup de main pour le ménage. »

Grand-mère prépara un repas simple, mais délicieux : une salade de pommes de terre tranchées en rondelles, des œufs durs coupés en quatre, des radis et de l'oignon avec une sauce aigre-douce légère. Il y avait également des concombres et des tomates finement émincés. Elle trancha le pain en le serrant étroitement sur sa poitrine, et sortit du réfrigérateur le « joyau de la Couronne » : du hareng mariné nageant dans l'huile, un mélange de quatre épices, une goutte de vinaigre, quantité d'oignon et deux feuilles de laurier.

La silhouette menue allait et venait entre la table et la cuisine. Je croyais voir chacun de ses membres se tordre de douleur — ses doigts déformés par toutes ces années passées à essorer, récurer, traire les vaches, ses jambes de s'être tant démenées pour récupérer son mari et pourvoir à sa subsistance, son dos à cause du poids de l'âge et du dur labeur. Malgré sa fragilité et ses articulations douloureuses dont elle ne cessait de se plaindre, elle était d'humeur très gaie.

« Ce type, déclara-t-elle à Abigaïl en apportant les plats à table, son charmant grand-père que tout le monde plaint tellement, il va se réfugier pour un oui ou pour un non dans une maison de repos ou courir après je ne sais quel emploi en me laissant la ferme sur les bras. Traduis-lui ce que je viens de dire en anglais, s'il te plaît. »

Je m'exécutai. Abigaïl sourit, ce qui ne me surprit guère. J'avais compris depuis longtemps que, pour conquérir une fille, je devais la présenter à ma mère ou à ma grand-mère, qui sauraient la séduire chacune à sa manière.

« Merci beaucoup pour le dîner, grand-mère, dis-je. C'est très bon.

— Si tes oncles m'avaient donné de la crème, ton amie et toi auriez meilleure figure à l'heure qu'il est. Mais je vois que les harengs font le même effet. Et la jeune fille aussi. Répète-lui ce que tu viens de me dire, reprit-elle. Et explique-lui que tu n'as pas l'habitude de me complimenter sur ma cuisine.

— D'habitude, tu ne mets pas les petits plats dans les grands. Tu dois trouver mon amie sympathique parce que, cette fois, tu t'es surpassée. »

À vrai dire, grand-mère Tonia, qui était une piètre cuisinière, nous avait concocté ses deux plus grandes réussites. Son rôti se laissait manger, sa tarte et sa confiture de prunes étaient excellentes, je l'ai signalé, mais ses meilleures recettes ne nécessitaient pas vraiment de cuisson et présentaient le grand avantage de pouvoir se préparer dehors sans salir la cuisinière ni le plan de travail. L'une était le pain blanc qu'elle confectionnait pour la Pâque, et l'autre, le hareng mariné avec les pommes de terre bouillies, les œufs durs, le radis et les oignons qu'elle venait de nous servir.

Chez nous, on ne se damnerait pas pour la cuisine de nos grands-mères, même pour le bouillon de poule, un grand classique. Celui que concoctait ma mère était meilleur que celui de sa mère et n'arrivait pas à la cheville de celui de ma sœur. Quoi qu'il en soit, préparer la soupe avec grand-mère Tonia était une expérience unique, car cela commençait toujours par : « Va me chercher dans la cour… » Suivaient la couleur ou le nom du poulet.

Les voisins, m'informa-t-elle, servaient le bouillon de poule en fonction de l'adage : « Quand le mochavnik est malade, ou quand le poulet est malade. » Pas grand-mère. Elle surveillait la ponte de ses poules, savait laquelle produisait plus et laquelle moins. « En voilà une qui ne se foule pas, blâmait-elle la réfractaire, si elle continue à jouer les trublions et à se la couler douce, elle va finir à la casserole pour le shabbat. »

Les poules occupaient la basse-cour et pondaient dans des caisses en bois tapissées de paille grâce aux bons soins de grand-père Aharon. Il y avait aussi quelques oies, plus grosses et plus fortes que moi, quand j'étais petit. Très agressives, elles me pourchassaient, le cou tendu, les ailes repliées en arrière dans une attitude menaçante, tâchant de me frapper avec leurs becs plats et recourbés, ce qui transformait mes allers-retours à l'étable en dangereuses expéditions.

Enfant, je n'étais pas très costaud et les poulets étaient bien plus rapides que moi, mais grand-mère Tonia m'équipait d'une longue tige de fer munie d'un crochet avec quoi elle m'apprit à attraper par les pattes le volatile condamné. Malgré leur bêtise légendaire, les poules avaient vite fait le rapprochement entre la barre métallique et ce qui allait suivre et à peine nous voyaient-elles apparaître dans la cour qu'elles s'égaillaient en tous sens, prises de panique.

Redoublant d'ardeur, crotté et suant, je finissais par capturer la fainéante. Je la transportais par les pattes, la tête en bas, piaillant à qui mieux mieux, se contorsionnant pour se dégager et se tordant le coup en de vaines tentatives pour me lacérer les mains du bec. Je lui serrais le cou en m'égosillant pour appeler ma grand-mère à la rescousse. Cette dernière s'en saisissait et lui tranchait la gorge d'un coup de rasoir.

C'était une scène horrible, répugnante et bouleversante à la fois. Grand-mère laissait tomber sur le sol le cadavre ensanglanté de la bestiole qui se mettait à cavaler à travers la cour, pissant le sang avant de s'écrouler dans les dernières convulsions de l'agonie. On pouvait alors la plumer, la découper et la cuire. Le shabbat, on consommait le bouillon de grand-mère Tonia dont, je l'ai dit, personne n'était particulièrement friand.

Bref, si je ne raffolais pas des plats mitonnés par la génération d'avant, je me délectais des choses simples : le hareng, les œufs durs, les pommes de terre, l'oignon et le radis. Ces recettes ont beau être faciles, je ne les réussis pas très bien. Grand-mère préparait aussi le *kholodets*, pied de veau en gelée, accompagné d'une « boisson », ou « schnaps », ainsi que grand-père appelait le cognac bon marché réservé aux grandes occasions.

Abigaïl nous réserva une surprise de taille. Une fois le repas servi, elle tira de son sac à dos une petite flasque qu'elle posa sur la table.

« Vodka ! déclara-t-elle, un mot qui ne nécessitait aucune traduction.

— Celle-là, ne la change pas comme tes chaussettes, me souffla à l'oreille ma grand-mère, époustouflée. Et tu peux me la ramener ici quand tu veux. Je reviens », ajouta-t-elle en se levant.

J'étais stupéfait. Grand-mère n'avait jamais montré un intérêt particulier pour l'alcool.

« Elle est allée où ? chuchota Abigaïl.

— Aucune idée. »

Du fond de la maison, on entendit une clé tourner dans la serrure et une porte s'ouvrir. Une odeur de renfermé un peu écœurante se répandit dans la pièce — les relents de moisi de l'époque où grand-mère me demandait de déménager les chaises des chambres défendues sans érafler les murs. Je devinais qu'elle était entrée dans le saint des saints. Abigaïl lui plaisait-elle au point qu'elle avait décidé de nous donner le grand lit rustique avec le panneau métallique marron foncé ?

Non, il ne s'agissait pas du lit, car grand-mère reparut avec trois petits verres épais. Pour la vodka, on devait respecter les règles, expliqua-t-elle.

Nous bûmes. Moi, en trois gorgées précautionneuses, les femmes — la jeune et la vieille — d'un trait, la tête renversée. Je n'avais jamais vu grand-mère agir de la sorte. Son univers était plus vaste et profond que je ne le pensais et je ne connaissais que la partie émergée de l'iceberg. Elle reposa son verre vide d'un coup sec qui retentit comme le prolongement de son accent russe, les yeux rivés sur Abigaïl.

« Demande-lui ce qu'elle fait.

— Pas la peine, je sais. Elle étudie les sciences de l'éducation en Amérique.

— Quel âge a-t-elle ?

— Trois ans de plus que moi. »

Grand-mère se renfrogna.

« Elle a des enfants ? poursuivit-elle, inquiète de savoir, à ce stade, si le sort allait également frapper la nouvelle génération de la famille.

— Non.

— Tu lui as demandé ?

— Je te répète que non. Quelle importance, de toute façon ? Elle est fiancée et elle va se marier l'été prochain.

— Demande-lui de rester ici avec toi. Elle est charmante. Et brillante.

— De quoi parlez-vous ? » intervint Abigaïl.

Grand-mère changea de sujet.

« Et son père, il fait quoi ? Pose-lui la question.

— Abigaïl, ma grand-mère voudrait savoir la profession de ton père. »

Abigaïl reporta son regard sur mon aïeule.

« Mon père est concessionnaire General Electric à Los Angeles, l'un des plus importants de la côte ouest. »

28

« “Mon père est l’un des plus grands concessionnaires de General Electric à Los Angeles ?”, c’est bien ce qu’elle a dit ? questionna ma mère. Et elle te parlait en regardant grand-mère ? »

C’était un moment spécial, unique, fantastique. Je racontais à ma mère une histoire concernant ma grand-mère et pas l’inverse.

« Alors voilà…, commençai-je, tout fier, en imitant son accent.

— Et ma mère ? Elle a dit quoi ?

— Rien. Mais j’ai cru distinguer une lueur dans ses yeux, ou peut-être est-ce l’impression que j’en ai gardée à cause de la suite. »

Avais-je bien vu ? Une étincelle avait-elle brillé dans le regard de grand-mère ? Je l’ignore, mais si c’était le cas, elle s’était vite éteinte.

J’alléguai qu’il était tard, que nous étions fatigués du voyage et aimerions nous doucher avant de dormir. Curieusement, elle répondit que nous pouvions utiliser la salle de bains.

« Tu es sûre ?

— C'est en son honneur, pas pour toi.

— Eh bien moi, tu vois, je préfère me laver dans l'étable avec ton excellent tuyau.

— De quoi parlez-vous ? intervint Abigaïl.

— De ce que je t'ai expliqué tout à l'heure : chez ma grand-mère, on se douche dans l'étable.

— Qu'est-ce que vous dites ? demanda grand-mère.

— Elle dit que ça ira, précisai-je. Elle ne veut pas te salir la douche. »

Grand-mère Tonia sourit, je crus presque qu'elle allait me lancer un clin d'œil, puis elle se leva pour aller chercher deux vieilles serviettes rêches et une lampe à pétrole, parce qu'« il ne fallait pas réveiller les vaches en allumant toute l'électricité dans l'étable ».

« Je t'avais prévenue que ce serait comme ça, mais tu ne voulais pas me croire, murmurai-je à Abigaïl. Tu pensais que j'inventais, hein ? Et voilà que tu vas prendre une douche au milieu des vaches… »

La nuit était chaude et claire. La lune ronde avait accompli un tiers de son ascension vers le zénith. Les bêtes exhalaient une haleine humide dans leur enclos. Je suspendis la lampe à un clou avant de raconter à Abigaïl l'histoire, répandue à Nahalal, du vieux qui avait mis le feu à la grange après avoir accroché sa lampe à une mouche, collée au mur.

Elle éclata de rire, retira ses vêtements qu'elle pendit à un clou, puis elle pivota face à la cloison tandis que je l'arrosais avec le tuyau.

« Déshabille-toi et rejoins-moi, dit-elle. Il y a de la place sous le tuyau et assez de mouches au mur pour tes habits. »

À notre retour à la maison, enveloppés dans les serviettes, grand-mère Tonia annonça qu'elle nous avait préparé une « couche ». Instantanément, les souvenirs innocents de l'enfance et de la belle poésie d'Ibn Ezra, liés à ce joli vocable, s'estompèrent pour se métamorphoser en excitation et en désir. Elle nous accompagna jusqu'à la chambre, ouvrit la porte, et sur un « amusez-vous bien », elle tourna les talons et s'en alla.

Abigaïl, pleine d'entrain, voulut savoir si grand-mère nous avait souhaité « *Good night* ».

« On pourrait le comprendre de cette façon, mais en réalité, elle a dit quelque chose comme "*Have a good time*".

— Je ne te crois pas.

— C'est pourtant ce qu'elle a dit et elle pesait chaque mot. »

La pièce était dans le même état que lorsque j'y avais couché la dernière fois, voire la toute première. Rien n'avait changé — les vieux magazines du *Hapoël Hatsaïr* et le supplément du *Davar* destiné à la jeunesse empilés sur les étagères, la douceur des draps usés, les volets de bois, les moustiquaires qui avaient bien besoin d'être réparées, le carrelage moucheté, brillant à force d'être lessivé et ciré, les branches bruissantes des cyprès bordant l'allée plantée par grand-père qui débouchait sur la cour. Sans oublier l'appel sinistre provenant de la cime de l'un des arbres, même si ce n'était pas la même chouette, celle qui me terrifiait à cinq ans, lorsque je dormais dans cette chambre. C'était peut-être son arrière-petite-fille ?

Le vieux lit en fer grinça, ce qui nous fit rire en silence, Abigaïl et moi. Je n'ai pas l'habitude de m'étendre sur ce genre de détails, pas plus dans la fiction que dans la réalité. Je voudrais toutefois signaler que je ne la connaissais que depuis quelques jours à peine et qu'elle allait bientôt repartir dans son pays. Pour chacun d'entre nous, ce n'était qu'une aventure sans lendemain, mais au cours de cette nuit, qui devait finir en apothéose, j'étais sincèrement amoureux et ses étreintes me prouvaient que la réciproque était vraie.

Nous nous étions aimés, nous avions ri, nous nous étions observés de très près, nous avions joué à « là je te vois et tu ne me vois pas, et là tu me vois et je ne te vois pas », et à un tas d'autres petites distractions propres aux myopes. Après que je lui eus traduit les planches de Nahum Gutman, publiées dans les dernières pages du *Davar*, nous nous étions endormis nus, bras et jambes emmêlés. C'est dans cet appareil que grand-mère nous découvrit quand, à trois heures du matin, elle poussa la porte et pénétra dans la pièce.

Elle ne frappa pas et je ne m'aperçus pas de sa présence. Abigaïl se réveilla en sursaut, elle s'entortilla dans le drap tombé à terre, se redressa et m'enfonça son coude dans les côtes. Il me fallut quelques secondes pour comprendre que la silhouette diaphane, drapée de blanc, ne faisait pas partie de mon rêve, mais qu'il s'agissait de grand-mère Tonia en chair et en os, que j'étais nu comme au jour de ma naissance et qu'elle portait une longue chemise, sans doute confectionnée dans un vieux drap qu'il ne fallait pas jeter. Une fois assis dans le lit, mes lunettes sur le nez pour essayer de comprendre ce qui se passait, je cessai de m'intéresser à elle et à la façon dont elle était vêtue, car je venais de repérer une créature imposante qui chatoyait dans l'ombre, derrière elle.

29

Mon cœur eut des ratés. Je compris aussitôt que j'avais sous les yeux le fameux aspirateur, le *sweeper* de grand-mère Tonia émergeant de notre mythologie familiale, notre monde de Narnia à nous, derrière la porte de la salle de bains. Il jaillit de sa boîte, secoua son linceul et se matérialisa devant moi en chair et os. Ce n'était pas un rêve ni une illusion d'optique. Il ne s'agissait pas du petit appareil arrivé avec l'oncle Yeshayahou après la création de l'État, mais du gros aspirateur, celui du globe terrestre et du crayon de ma mère, du vaste océan, de New York, Tel Shamam, le blanc, le jaune, le vert, les pois rouges, le bleu. La chose se déroula exactement de cette façon, dans les moindres détails. Maman avait raison.

Grand-mère Tonia s'avança au milieu de la pièce, suivie de l'aspirateur, sans bruit. Elle, toute menue, nu-pieds, lui, gros comme une vache, silencieux tel un chat sur ses roues en caoutchouc noir. La chemise de nuit éclatait de blancheur. Les chromes étincelaient. Le chariot avait la taille d'un tonneau. Le tuyau, au moins épais comme mon bras, pendouillait dans sa main avec une mollesse apparente sous laquelle se cachait sa puissance.

J'étais nu comme un ver, pourtant, je propose un arrêt sur image afin d'éclaircir un autre point avant de poursuivre : s'agit-il des différentes versions d'une même histoire ? Ou bien existerait-il un récit fondateur où se grefferaient des fables, telles des boutures sur les troncs des grenadiers et des oliviers ? Il est probable que notre saga familiale, à l'instar d'autres légendes, ne se soit pas déroulée comme on le raconte. Grand-père Aharon n'a peut-être jamais eu l'intention de se suicider dans le Jourdain, mais dans le Kishon. Les Tsiganes n'ont pas kidnappé l'oncle Yitzhak, qui se serait sauvé avec eux de son plein gré. Ah, notre ânesse, était certes futée, mais pas au point d'avoir brisé le cadenas avec un fil de fer, comme on me l'avait affirmé, elle s'était contentée de voler la clé dans la poche de grand-père. Il est même possible qu'elle ne se soit pas envolée dans le ciel, et si cela s'était effectivement produit, qu'elle n'ait pas été au-delà de Kefar Yehoshua. Les doutes qui m'assaillaient au sujet de ces récits m'avaient poussé à rapetisser l'aspirateur dans mon esprit. Ma mère avait fait de même, je venais de le comprendre, vu que, en vrai, l'appareil était bien plus grand et impressionnant que celui de l'histoire.

Quoi qu'il en soit, à la vue de cette chose en forme de châssis et de tuyau, alors que le corps tiède d'Abigaïl blotti contre le mien me confirmait que j'étais bel et bien éveillé, je fus saisi d'une exaltation au moins aussi grande que celle d'Heinrich Schliemann quand il « démontra la véracité des récits homériques » devant les ruines de Troie qu'il venait de retrouver et d'identifier. Les mêmes sentiments qui agiteront les archéologues le jour où ils découvriront l'arche d'Alliance et celle de Noé.

Grand-mère Tonia, elle, se moquait bien des considérations historiosophiques et cognitives liées à l'apparition de son aspirateur.

« Demande-lui si son père peut me trouver un petit joint pour ce *svieeperr* », déclara-elle sans se soucier de la situation et de ma nudité, à croire que nous étions toujours en train de bavarder dans sa cuisine autour d'un plat de hareng et d'un verre de vodka.

Je n'en crus pas mes oreilles.

« Et c'est pour ça que tu viens nous déranger en pleine action, et sans frapper en plus ? Pour remplacer une pièce de ton antiquité d'aspirateur ? As-tu une idée de l'heure qu'il est ?

— Primo, c'est une toute petite pièce, secundo, je n'ai pas débarqué en pleine action. J'ai attendu que vous ayez fini et je vous ai donné le temps de récupérer et de reprendre vos esprits.

— Qu'y a-t-il ? demanda Abigaïl, éberluée. C'est bien l'aspirateur dont elle ne se sert plus, n'est-ce pas ? Que veut-elle ?

— Elle veut que ton père lui change une pièce. Dis-lui que ce n'est pas possible, sinon elle nous empêchera de dormir jusqu'à demain matin. Et puis passe-moi un bout du drap, je ne peux pas rester comme ça devant elle.

— Explique-lui que c'est une pièce minuscule, insista grand-mère. Le joint est usé, il ne marche plus. Il faut le changer.

— Comment le sais-tu ? Tu ne t'en es servi qu'une semaine.

— Non, deux. Je le sais parce que Yitzhak me l'a dit. Il est presque ingénieur, il s'y connaît. Il l'a démonté pour vérifier et il a affirmé qu'un jour, dans plusieurs années, le joint s'abîmerait et laisserait passer la poussière.

— Mais pourquoi est-ce si important, maintenant justement ?

— Parce que Yitzhak a précisé que cela arriverait dans plusieurs années. Or ça fait quarante ans aujourd'hui. »

Je m'avouai vaincu devant cette imparable logique.

« Elle doit changer le joint de l'aspirateur et elle voudrait que ton père lui en procure un autre », expliquai-je à Abigaïl.

Mon amie se leva, elle ramassa le drap et l'enroula autour d'elle. Puis elle s'approcha de l'aspirateur et se baissa pour mieux voir. Je restai au lit, le cœur en joie. Rares sont les couples qui ont la chance de se retrouver dans une situation si extraordinairement excitante, la première nuit : le point du jour, les derniers rayons de lune filtrant à travers les persiennes, l'amant couché dans le plus simple appareil, sa grand-mère plantée devant le lit, son amie enveloppée d'un drap, penchée sur un vieil aspirateur dont il fallait déjà remplacer le joint alors qu'on venait à peine d'en découvrir l'existence ! Pouvait-on rêver mieux ?

« Sois gentille, dis-lui que l'aspirateur est antédiluvien et qu'on ne trouvera de pièces de rechange nulle part, dis-je à Abigaïl. Elle finira par s'en aller et tu pourras vite me rejoindre au lit. »

Grand-mère Tonia n'avait peut-être pas compris un traître mot, mais le sens général ne lui avait pas échappé.

« Qu'est-ce que tu as dit ? » s'énerva-t-elle.

Abigaïl se désintéressa de ma personne pour se concentrer sur grand-mère Tonia et l'aspirateur.

« Explique-lui que mon père serait ravi d'exposer cet engin dans ses bureaux, à Los Angeles, déclara-t-elle en se redressant, les yeux rivés sur mon aïeule. Il n'existe nulle part aux États-Unis une antiquité pareille en si bon état. Ajoute que, si elle est d'accord, mon père lui expédiera un *sweeper* dernier cri.

— Abigaïl, on prononce *svieeperr*, tu as encore des progrès à faire.

— Qu'est-ce que vous racontez encore ? » questionna grand-mère, partagée entre la colère et sa méfiance viscérale — elle s'était naturellement rendu compte que j'avais imité son accent.

Je lui rapportai la proposition d'Abigaïl, ce qui eut pour effet d'attiser ses craintes. Son aspirateur repartirait pour l'Amérique et on lui en enverrait un neuf ? Quand ? Comment ? En tout cas, elle n'accepterait pas de s'en défaire avant d'avoir reçu le nouveau.

« Grand-mère, d'où sors-tu ? Les avions et les sociétés de livraison à domicile, ça existe ! Le colis du père d'Abigaïl arrivera directement depuis l'Amérique jusque chez toi. Tu n'auras qu'à crier au coursier de faire le tour par l'autre entrée. Pourquoi as-tu toujours peur qu'on essaye de te rouler ?

— Dis-lui, reprit Abigaïl sur sa lancée, qu'en plus mon père lui fera cadeau d'un autre appareil General Electric, un mixeur, un *toaster oven*, un sèche-cheveux… ce qu'elle voudra. »

La voix qui, quelques minutes auparavant, me susurrait des mots tendres à l'oreille, était devenue dure, presque tranchante.

Je traduisis son offre, mais ne réussis qu'à conforter les soupçons de ma grand-mère.

« C'est quoi un *toaster oven* ? Je ne veux pas de quelque chose dont mon petit-fils ne connaît pas le sens. »

Là-dessus, elle se retourna et gagna la sortie, l'aspirateur docile, obéissant et résolument optimiste sur ses talons.

« Arrête-la ! s'écria Abigaïl.

— Grand-mère, attends ! »

Elle s'immobilisa.

« Abigaïl voudrait ajouter quelque chose.

— Précise-lui que mon père sera enchanté de la dédommager. En plus du nouvel aspirateur et du petit cadeau, il lui donnera cinq cents dollars pour ce vieux machin. Je peux même lui faire un chèque tout de suite. »

Cette fois, le doute s'insinua dans mon esprit. La jolie fille au parfum de pêche, drôle, pleine d'humour et de passion que j'avais rencontrée à la poste de Mahane Yehouda, avec sa longue colonne vertébrale qui s'étirait depuis sa nuque émouvante jusqu'à son charmant coccyx, se métamorphosait tout à coup en une opportuniste sans scrupules, âpre au gain.

J'en ressentis de l'amertume.

« Tu peux signer des chèques faramineux, alors qu'on voyage en bus et qu'on se douche avec les vaches ?

— Sept cent cinquante dollars !

— Grand-mère, dis-je, en plus des cadeaux et de l'aspirateur neuf, Abigaïl te propose de racheter sept cent cinquante dollars le vieux qui est abîmé. Je pense pouvoir obtenir un meilleur prix. J'aurais droit à une petite commission, d'accord ?

— Ta traduction était beaucoup plus longue que ce que j'ai dit, observa Abigaïl. Tu as ajouté quoi exactement ?

— Nous avons parlé de l'argent.

— Je lui en donne mille, y compris ta commission.

— Nous en sommes déjà à mille, exposai-je à grand-mère Tonia. En plus de ma commission, pourrai-je utiliser la salle de bains qui est fermée à clé ?

— Certainement pas. Il s'agit de dollars nouveaux ou anciens ?

— Que dit-elle ? questionna Abigaïl. C'est quoi cette histoire de dollars ?

— À mon avis, elle ne comprend pas très bien la différence entre les roubles et les dollars. »

J'entrepris d'expliquer à grand-mère que l'assassinat du tsar Nicolas II par les bolcheviks n'avait pas eu d'influence sur le cours du dollar et lui répétai l'offre d'Abigaïl.

« Ça fait combien en livres ? »

J'opérai la conversion. Je ne me rappelle pas le montant exact, mais il s'agissait d'une somme rondelette pour une vieille paysanne et un jeune ambulancier comme moi, obligé d'élever des souris blanches pour survivre.

« Si elle est prête à payer autant d'argent pour mon vieux *svieeper*, ça veut dire qu'il vaut beaucoup plus », fit grand-mère quand je lui eus précisé le montant.

Abigaïl, qui ne comprenait rien et ne connaissait pas très bien grand-mère, commit une grosse bévue.

« Demande-lui de le mettre en marche, je veux m'assurer qu'il fonctionne.

— Tu fais une erreur, dis-je.

— Les affaires sont les affaires. C'est comme ça.

— Grand-mère, Abigaïl demande de mettre l'aspirateur en marche parce qu'elle veut être sûre qu'il fonctionne. Je vais accepter les mille dollars, et au sujet de la salle de bains, on en reparlera quand elle sera partie.

— Pas question. Tu saliras la baignoire et je serai obligée de nettoyer. Le *svieeper* aussi va s'encrasser, et comme je ne sais pas le démonter, je ne pourrai plus dormir jusqu'à ce que Yitzhak vienne. Je suis une vieille femme, Yitzhak n'est pas tout jeune et le *svieeper* n'est plus un bébé, lui non plus. »

J'éclatai de rire. Les deux femmes ouvrirent des yeux ronds. Il s'agissait de business, du sérieux, ce n'était pas une plaisanterie.

« Dis-lui que je voudrais le voir en marche, insista Abigaïl. Et vérifier comment il aspire aussi. »

Je m'exécutai.

« Tu n'as pas besoin d'oncle Yitzhak, dis-je à grand-mère. Si tu prouves à Abigaïl que l'aspirateur est en parfait état, elle l'emmènera tel qu'il est, avec la poussière à l'intérieur. Mille dollars pour cette vieillerie, c'est beaucoup d'argent. Allez, on va salir un peu par terre et lui montrer que ça marche. »

Les mots ont parfois plus de poids que la réalité qu'ils décrivent et, dans ce cas, je fis une plus grave erreur encore qu'Abigaïl. « Salir » et « par terre » avaient produit un tel effet sur grand-mère Tonia qu'elle n'était plus capable d'entendre la voix de la raison. Salir par terre ? De la saleté chez elle ? Jamais de la vie ! Elle ne le permettrait pas pour tout l'or du monde ! Elle tourna les talons avec humeur et quitta la pièce. L'aspirateur suivit en traînant la patte sans cesser de regarder derrière, l'air désespéré, incapable de comprendre ce qui lui arrivait.

« Qu'est-ce qui lui a pris ? demanda Abigaïl. Dis-lui de revenir.

— Cette fois, c'est moi qui ai commis une bourde. Nous nous sommes trompés sur toute la ligne chacun à notre tour, tu n'as pas idée à quel point.

— *Stop, please, stop !* » s'écria Abigaïl.

Grand-mère Tonia se retourna et lui jeta un regard glacial.

Je me crispai dans le lit, devinant ce qu'elle allait dire.

« C'est à moi que vous parlez ? grommela-t-elle avant de tourner le dos pour repartir.

— Qu'est-ce qu'elle a dit ? questionna Abigaïl, déconcertée. Qu'est-ce qu'elle a dit ? »

Je ne répondis pas. La cause était perdue, j'en étais sûr. J'entendis la clé tourner dans la serrure de la salle de bains. Deux à trois minutes s'écoulèrent pendant lesquels grand-mère, je le savais, enfermait le malheureux aspirateur dans sa cellule avant de le recouvrir du vieil uniforme de prisonnier qu'il portait depuis quarante ans.

« Qu'est-ce qu'elle a dit ? insista Abigaïl.

— *At ponit elaï ?*

— Ça veut dire quoi ? Parle anglais, s'il te plaît.

— Quelque chose comme : *you talking to me ?* »

Abigaïl se jeta sur moi et me cloua rageusement sur le matelas.

« *You talkin' to me*, c'est ça ? Tu as tout gâché. Je voulais faire un cadeau à mon père. »

Dehors, on entendit la clé verrouiller la salle de bains. J'enlaçai Abigaïl de toutes mes forces. Bientôt grand-mère commencerait sa journée de travail et nous tirerait du lit. « Lève-toi, lève-toi, ça suffit de cocotter au lit. Il y a le ménage à faire. J'ai beaucoup de travail. »

Les premiers rayons du soleil filtraient par les fentes des volets. « Regarde », dis-je à Abigaïl en lui montrant les grains de poussière qui dansaient dans la lumière. Nous nous levâmes et partîmes nous promener à travers champs. Au retour, nous prîmes congé de grand-mère Tonia en la remerciant. Si elle changeait d'avis, pourrait-elle me le dire pour que je puisse l'avertir ? pria Abigaïl en anglais courant. Grand-mère sourit sans demander la traduction. Nous allâmes prendre le petit déjeuner chez Tsilla et Yaïr avant d'attendre le car au bord de la route pour poursuivre notre voyage.

Nous passâmes ensemble quelques jours agréables et distrayants, puis je raccompagnai Abigaïl à l'aéroport. Elle partit retrouver son père et son petit ami, pendant que je retournai à mon ambulance, aux souris et à mes études. Je ne l'ai plus jamais revue. Je me demande parfois ce qu'elle est devenue. A-t-elle épousé son fiancé, le destinataire du colis qu'elle expédiait au moment où nous nous étions rencontrés ? Était-elle devenue éducatrice spécialisée, comme elle l'espérait ? Et si elle vivait avec une compagne à Berkeley ? À moins qu'elle ne possède un élevage de dindes, dans l'Illinois, et sept enfants de ses trois premiers maris ? Ce qui est sûr, c'est qu'elle est rentrée à Los Angeles sans l'aspirateur de ma grand-mère, mais lotie de l'un de ses tics verbaux favoris.

30

Environ deux ans après, je terminai mes études universitaires. Je continuai à travailler au Magen David Adom pendant un certain temps, puis entrai à la télévision en tant qu'assistant de recherche pour des films documentaires.

Quelques années plus tard, je commençai à apparaître à l'écran. En ce temps-là, il n'y avait qu'une chaîne de télévision en Israël, de sorte que n'importe quelle ânerie bénéficiait d'une audience de cent pour cent. Grand-mère Tonia ne tarda pas à découvrir que l'aîné de ses petits-enfants était devenu célèbre, et elle n'hésitait pas à le clamer à qui voulait l'entendre. Au machiniste en montant dans le bus. Au fonctionnaire qui l'accueillait dans un bureau. Au médecin, à l'infirmière, au radiologue, à la laborantine et aux autres patientes dans la salle d'attente, lors d'une visite médicale. C'était son droit, se fâcha-t-elle quand je le lui reprochai. J'étais son petit-fils tout de même.

Je n'étais pas le seul membre de la famille qui l'agaçait. À l'époque, la question de l'« album » lui donnait des insomnies. Il s'agissait du *Livre du souvenir de la deuxième aliyah*, alors en préparation. Les éditeurs voulaient réunir en un seul volume les photographies des pionniers ayant immigré en Palestine au début du XXe siècle, accompagnées de brèves légendes biographiques. Folle de rage, grand-mère Tonia comprit aussitôt que ce ne serait pas elle, mais sa défunte sœur Shoshana qui serait immortalisée auprès de grand-père Aharon.

Ce n'est pas par hasard si j'ai utilisé ici le verbe pompeux « immortaliser », c'était le mot qu'elle employait. « Je veux être immortalisée », répétait-elle à l'envi. Pour tout un chacun, il s'agissait de passer à la postérité en tant que pionnier de la nation et fondateur de l'État, tandis que pour grand-mère, cela revêtait une importance fondamentale : la reconnaissance de son statut auprès de grand-père Aharon dans l'histoire familiale.

Elle alla immédiatement trouver son frère, l'oncle Moshe, pour qu'il intercède auprès de ses nombreuses relations et amis afin qu'elle figure auprès de son époux dans *Le Livre du souvenir de la deuxième aliyah*. L'oncle Moshe, je l'ai mentionné, entretenait une correspondance suivie avec les dirigeants du parti travailliste à qui il signalait les fissures dans les fortifications idéologiques entourant notre chemin. Selon elle, une seule lettre de sa part à Ben Gourion suffirait pour qu'il intervienne avec sa détermination et sa fougue habituelles. Et de même qu'il avait donné l'ordre de couler l'*Altalena*, le navire utilisé par des extrémistes juifs pour importer des armes, il imposerait de l'inclure dans *Le Livre du souvenir de la deuxième aliyah*.

L'oncle Moshe éclata de rire. « Primo, Tonichka, les hommes de l'envergure de Ben Gourion ne s'occupent pas de ce genre de broutilles, et secundo, il y a un petit problème : tu ne peux pas figurer dans l'album de la deuxième aliyah, et Yitzhak et moi pas davantage, pour la bonne raison que nous sommes arrivés avec la troisième aliyah. Ne te fâche pas ; nous ne serons pas cités non plus dans l'album de la première aliyah ni dans celui de l'Assemblée législative française pour le même motif. »

Des arguments aussi fallacieux ne troublaient pas grand-mère Tonia. Le mot « broutilles » l'avait vexée et Tonichka, le diminutif employé par l'oncle Moshe, ne lui avait pas plu. Un frère qui ne se mettait pas en quatre pour aider sa sœur n'avait aucun droit de la gratifier de petits surnoms affectueux.

Elle envisagea même de le déposséder de son titre de frère, puis décida de lui donner une seconde chance : « Écris à Ben Gourion pour l'informer de la préparation de l'album, comme ça, il pourra juger par lui-même s'il s'agit de broutilles ou non. »

Par un heureux hasard pour l'oncle Moshe, sinon pour Ben Gourion, le Premier ministre décéda quelques jours après cette conversation. On arriva à un compromis : Shoshana serait intégrée dans l'album, mais pas aux côtés de grand-père, de toute façon trop vieux et épuisé pour exprimer son opinion. Finalement, Aharon et Shoshana furent séparés par sept pages — une distance raisonnable entre un homme remarié et sa première épouse. Contrainte et forcée, grand-mère Tonia accepta l'arrangement, lequel ne la satisfaisait pas entièrement. Elle criait sur tous les toits qu'elle voulait être « immortalisée » pour de bon, c'est-à-dire seule avec grand-père Aharon. En fin de compte, c'est moi qui trouvai la solution.

L'occasion se présenta à l'époque où la télévision nationale préparait « La colonne de feu », une série historique sur le mouvement sioniste. Alors que les assistants travaillaient sur les deuxième et troisième aliyoth ainsi que sur le développement de la vallée de Jezréel, la productrice Naomi Kaplansky, qui collectait et retravaillait les interviews, me demanda si, parmi les anciens de Nahalal, je connaissais quelqu'un capable de raconter cette période.

« Ma grand-mère, répondis-je sans hésiter.

— Ta grand-mère ? Qui est-ce ? Que faisait-elle ?

— Elle travaillait, elle trayait les vaches, elle s'occupait du ménage et de la cuisine. Elle me racontait des histoires, elle se consacrait à la ferme et à sa famille.

— Elle pourrait parler du développement de la vallée et de l'idéologie des pionniers de l'époque ?

— Il existe plusieurs versions de l'histoire, et donc elle te donnera la sienne. Concernant l'idéologie, elle te la présentera sous des aspects que tu n'auras jamais soupçonnés. »

Avec tout le respect dû à mon panégyrique pas vraiment objectif, elle n'avait jamais entendu parler de ma grand-mère, rétorqua Naomi Kaplansky.

« Elle s'appelle grand-mère Tonia. Tonia Ben-Barak. Voilà, maintenant tu as entendu parler d'elle. »

Elle se mit à rire et m'informa qu'elle devait se rendre la semaine suivante dans la vallée pour rencontrer Meir Yaari et Yaakov Hazan, les leaders du Mapam, et ferait ensuite un saut chez ma grand-mère, si elle avait le temps.

Je m'empressai d'informer mon aïeule que l'immortalisation approchait. Mme Kaplansky de la télévision allait venir la voir. Elle devrait adopter la ligne de conduite suivante :

Ne parler à personne au village de la prochaine visite de Mme Kaplansky.

Ne faire aucune allusion à l'album de la deuxième aliyah devant Mme Kaplansky.

Lui raconter un tas d'anectodes en commençant par « lorsque j'étais jeune fille ».

Ne pas lui casser les oreilles avec les fugues de grand-père, le fait que Yaïr et Menahem ne lui préparaient pas la crème de lait et omettaient de l'avertir quand ils se rendaient à Haïfa.

Ne pas installer Mme Kaplansky sur le banc de la véranda, mais l'accueillir à l'intérieur de la maison.

« Encore un détail très important, grand-mère : Mme Kaplansky aura fait un long trajet. Laisse-la utiliser les toilettes, si besoin est. Interdiction absolue de l'envoyer arroser le citrus spécial de grand-père. »

Comme Abigaïl, Mme Kaplansky tomba sous le charme. « C'est vraiment quelqu'un, ta grand-mère, commenta Naomi. Un peu *meshuggeneh* sur les bords mais très originale. Elle possède un solide bon sens, et je ne te parle pas de ses harengs… »

Et voilà comment dans *La vallée est un rêve*, palpitant épisode de « La colonne de feu », excellente série au demeurant, ne fut diffusée que l'interview de grand-mère Tonia dans tout Nahalal. Exit les porte-parole attitrés du village, les visionnaires, les hommes de terrain prônant les mêmes valeurs sacrées, les magouilleurs, les idéologues de tout poil, les responsables de la sécurité, les pragmatiques, les législateurs. Il n'y en eut que pour grand-mère Tonia. C'est d'ailleurs grâce au patrimoine génétique qu'elle m'a transmis que je m'étais présenté avec du vernis rouge aux pieds devant cette même auguste assemblée pour l'inauguration de la planque d'armes de la Haganah.

Noami Kaplansky lui posa, entre autres, des questions sur les différences entre le mochav et le kibboutz. Loin de discourir sur le « collectif » et l'« individu », le socialisme et la religion du travail, elle analysa la question d'un point de vue naturel et logique, à savoir sous l'angle familial. « Nous avons choisi de vivre au mochav pour la liberté et l'intimité qu'il nous garantissait », expliqua grand-mère, elle qui était une individualiste forcenée, enchaînant par une analyse statistique pointue : « Plusieurs membres ont quitté le kibboutz pour le mochav. Mais personne n'a jamais quitté le mochav pour le kibboutz. »

Concernant le conflit idéologique et historique entre ces deux types d'implantations, sujet rebattu s'il en est, voici ce qu'elle déclara en toute simplicité : au mochav, vous savez avec qui vous vous mettez à table — la famille, pour le meilleur et pour le pire. Alors que, dans la salle à manger du kibboutz, vous risquez de vous retrouver assis à côté de gens avec qui vous n'avez pas la moindre envie de partager votre repas.

Enfin, rien de tout cela n'avait d'importance. L'essentiel était que dans « La colonne de feu », le documentaire télévisé, comme dans le livre publié par la suite, figurait un portrait d'elle et de grand-père Aharon : un jeune couple rayonnant d'un amour passionné. Elle, assise à même le sol, souriante, les cheveux nattés, et lui, la surpassant en taille et en beauté, les doigts serrés autour de son poignet, le dos plaqué contre le sien. Ils attendent avec impatience que le photographe en finisse pour retourner à leurs ébats dans la grange, la vigne ou leur lit, semble-t-il.

La vallée était révoltée et le village en ébullition. Dire que Tonia Ben-Barak avait eu l'honneur de représenter le premier village coopératif dans la série phare du sionisme ! Grand-mère Tonia était mécontente elle aussi, selon sa logique très personnelle. « Elle ne m'a même pas photographié la véranda ! s'indigna-t-elle après la projection. Moi qui l'avais lessivée en son honneur. »

Envers moi, en tout cas, elle débordait de reconnaissance. J'étais rentré dans ses bonnes grâces et redevenu son petit-fils préféré. « Maintenant, tu vas voir qu'elle va te laisser utiliser la salle de bains condamnée », s'esclaffa tante Batsheva, l'orgueilleuse mère de Nadav. Moi, j'étais au-dessus de ces basses considérations, enfin, je feignais de l'être.

31

Grand-père Aharon décéda en 1978. Il eut une existence longue et malheureuse et disparut à quatre-vingt-neuf ans, sans jamais vraiment connaître le bonheur et la joie de vivre. À sa mort, il devait encore des cadeaux à ses petits-enfants en échange de l'*afikoman*, qu'il cachait chaque année au début du rituel de la Pâque. J'exigeai mon dû à Menahem et Yaïr, ses héritiers. Eux aussi attendaient toujours leurs présents pour l'*afikoman*, rétorquèrent-ils. Grand-mère Tonia, à qui je m'adressai, me servit sa rengaine habituelle : « Moi vivante, vous n'hériterez de rien du tout. »

À ce propos, quelques années après son décès, on découvrit l'*afikoman*, dissimulé chez tante Batsheva, qui n'avait jamais été retrouvé. La tante, en effet, avait décidé de déplacer un tableau. Quand elle le décrocha, le morceau de pain azyme enfoui derrière le cadre tomba par terre : c'était l'*afikoman* de 1963 ! Comme d'habitude chez nous, l'événement fut le prétexte d'un tas d'histoires, de larmes et de plaisanteries, seulement il n'y avait plus personne à qui demander la récompense, selon la coutume.

Grand-mère Tonia le suivit neuf ans plus tard, à l'âge de quatre-vingt-quatre ans. Ses derniers jours furent éprouvants. Mais comme les autres n'avaient pas été une partie de plaisir non plus, il n'y avait aucune raison pour que cela change. Elle n'arrêtait pas de se plaindre et de dénigrer tout le monde, évoquant des souvenirs qu'elle seule conservait et grattant des plaies qu'il aurait mieux valu oublier.

Sa santé se dégrada rapidement. Les années de dur labeur, de tensions et de contrariétés avaient eu raison d'elle. Elle séjourna quelque temps dans une maison de retraite médicalisée à Tivon, où j'allai la voir à plusieurs reprises. Elle me demanda de la ramener à la maison, chez elle. Elle me supplia dans un flot de larmes, mais je ne pouvais pas accéder à sa demande. Elle décéda quelques semaines plus tard, et toute la famille se réunit pour son enterrement.

Lors des obsèques familiales — les épouvantables funérailles militaires exceptées — il arrive toujours quelque chose de bizarre ou de comique qui fait sourire, voire s'esclaffer l'assistance au milieu des pleurs. Pour l'oncle Menahem, par exemple, qui avait un humour très développé, tout le monde avait pleuré, ce qui ne nous avait pas empêchés de répéter ses bons mots et d'imiter ses parodies en nous tordant de rire, comme nous le faisions de son vivant. Le jour de l'enterrement de grand-père Aharon, la femme de Nahum Sneh, membre du trio de Makarov, se livra à une surenchère d'insultes, d'accusations et d'imprécations envers notre famille jusqu'à la dixième génération. Finalement, grand-mère Tonia réussit à lui fermer le clapet : « À quoi ça rime devant tout le monde ? Venez donc chez moi après, on bavardera en prenant le thé. » Hilarité générale.

À l'enterrement de ma mère, nous étions effondrés, complètement groggy. C'était la première des sept frères et sœurs qui disparaissait, à l'âge de soixante-quatre ans. Elle était le pilier de la fratrie, d'une certaine manière, de sorte que sa mort ébranla les fondations mêmes de la famille. Il y eut une grande cérémonie, terriblement triste, au cimetière de Nahalal, où l'accompagnèrent ses proches, ses amis de Jérusalem et de la vallée de Jezréel, ses étudiants passés et présents. Ils marchaient tête basse, en silence, puis ils se massèrent autour de la fosse ouverte — personne n'avait le courage de parler à cause de l'immense douleur.

Il n'y avait pas eu un seul sourire au cours du service funèbre. Soudain, un mystérieux vieux monsieur, inconnu de la majeure partie de l'assistance, émergea de la foule avec force gesticulations : « Batya ! » s'égosilla-t-il.

Tout le monde se tut. L'homme fit une pause, preuve qu'il s'y connaissait en effets de manche et éloges funèbres avant de clamer : « Je suis l'oncle Yasha. »

Quel soulagement ! Enfin du spectacle ! On écouta l'oncle Yasha réciter son oraison, un discours extraordinairement émouvant, apparemment destiné à une certaine Batya. L'assistance se perdit en conjectures au milieu des messes basses. Qui était ce Yasha ? Grand-père Aharon leur aurait-il caché un autre frère ? D'aucuns assuraient qu'ils le connaissaient et qu'il s'appelait bien ainsi. Finalement, on s'accorda à dire qu'il avait droit au titre d'« oncle », mais que ce n'était pas la bonne Batya.

Mon frère, ma sœur et moi nous étions bien gardés de l'interrompre. Il exerçait une influence bénéfique sur nous tous, nous en avions l'intuition. Son style fleuri et empreint de pathos faisait son petit effet. Au bout de deux phrases, on commença à échanger des regards, des clins d'œil et des hypothèses, des rires fusèrent ici et là, si bien que ma mère eut elle aussi droit à des obsèques souriantes, comme il se devait.

À chaque enterrement, nous répétions ce que grand-mère Tonia avait l'habitude de dire: « Elle nous a quittés », immédiatement suivi de : « et il a eu une mort horrible ». Nous n'avions pas failli à la tradition le jour de ses propres funérailles, sans oublier de citer quelques autres réflexions de son cru ; certains l'avaient même imitée, par habitude. Ses fils, Micha, Menahem et Yaïr, avec femmes et enfants, entouraient la fosse, fraîchement creusée près de la tombe de grand-père Aharon, qui attendait son corps menu de son vivant, plus frêle encore après sa mort. Ses frères Yitzhak et Ya'akov étaient également présents — Moshe avait disparu avant elle. Ils étaient vieux, tristes et ils avaient du mal à tenir debout. Ya'akov pleurait toutes les larmes de son corps, Yitzhak, les yeux rougis, ne disait mot.

Les enfants de grand-père Aharon, Binya, Itamar et leurs familles respectives se trouvaient non loin de là, près de l'enceinte du cimetière. Batya et Batsheva se recueillaient au bord de la tombe. Elles avaient beau avoir quitté la maison et le village depuis belle lurette, elles traînaient encore derrière elles le cordon ombilical et des histoires douloureuses. Et voilà qu'elles redevenaient de toutes petites filles.

Elles pleuraient à chaudes larmes. « Maintenant, tu seras à côté de papa pour toujours », sanglota Batsheva. Ma mère lut un discours préparé à l'avance. Je le reproduis intégralement sans rien y changer. Voici mot pour mot le texte de l'éloge funèbre qu'elle prononça. Du moment qu'il est écrit noir sur blanc, personne ne pourra lui opposer une autre version.

« Notre mère n'est pas arrivée en Israël avec la deuxième aliyah. Elle ne s'est pas non plus établie à Nahalal avec les premiers pionniers. Elle émigra au lendemain de la révolution russe en compagnie de sa mère, un jeune frère et un cousin pour retrouver sa famille en Eretz Israël. Tout ce qu'elle savait de Nahalal, elle l'avait appris indirectement — ses deux frères aînés l'ayant précédée ici avec un beau-frère, Aharon Ben-Barak, qu'elle n'avait vu qu'une fois — elle avait six ou sept ans quand il était venu leur rendre visite au village, en Russie. Il lui avait offert une poupée.

« À son arrivée à Nahalal, il n'y avait qu'une poignée de baraquements et des étables ; les fermiers pouvaient se procurer un peu de sucre et d'huile à crédit dans un local appelé "le magasin". En été, il n'y avait nulle part où fuir le soleil de plomb, et l'hiver on s'enfonçait dans la boue jusqu'aux genoux. C'était encore une adolescente, ("Lorsque j'étais jeune fille…", comme elle aimait à dire), vêtue de son uniforme marron de lycéenne, un ruban noir dans les cheveux, quand elle débarqua dans un nouveau monde, inconnu, dur, voire cruel.

« Elle ne travailla pas au kibboutz Houlda ni à Be'er Ya'acov, elle ne fonda pas le kibboutz Degania, ne laboura pas non plus les champs de Sejera ni de Yavne'el. Elle rejoignit simplement les siens à Nahalal où elle commença une nouvelle vie, en butte chaque jour à des difficultés familiales qu'elle ne savait ni ne pouvait gérer, s'exposant aux critiques de son entourage à cause de son désir d'être belle, coquette, simplement différente.

« Elle était inflexible et exigeante envers elle-même comme envers autrui, intolérante, intransigeante, une bête de travail attelée à la tâche du matin au soir : les vendanges, les cueillettes, les conserves de cornichons et d'olives en saison, les confitures sous le grenadier dans la cour… Si l'argent venait à manquer, elle n'hésitait pas à trouver d'autres moyens : elle fournissait le gîte et le couvert aux ouvriers de la compagnie d'électricité venus installer le réseau de Nahalal. Voici ce que j'ai trouvé, consigné dans un vieux carnet : "l'ardoise des forestiers" — un centime et demi, plus un demi-centime, plus vingt mills pour le prix des repas. La ferme devint une partie d'elle-même, de son être, sa propriété, un lieu à elle, où elle pouvait faire ce qui lui chantait. Dès mon plus jeune âge, je savais que, sans notre mère, nous n'aurions probablement jamais pu demeurer très longtemps à Nahalal.

« Elle avait aussi un côté attendrissant : nous adorions l'entendre raconter des histoires sur sa vie en Russie, sa famille, ses amis, son grand-père propriétaire terrien, pendu par les émeutiers, la femme exceptionnelle qu'était sa mère — les trains déchargeaient des sacs de farine sur le seuil de sa boutique. Nous savions chanter en russe avant d'entrer au Mouvement de jeunesse. Nous étions fascinés par la richesse de sa langue, son vocabulaire fleuri, ses récits, la nostalgie.

« Nous nous installions sous la véranda au sol en ciment devant la cuisine — la dalle que nous lavions à grande eau à longueur de journée — pour l'écouter chanter et évoquer ses souvenirs. Elle nous entraînait dans un monde merveilleux et secret, inconnu de tous ou presque.

« À présent, notre père et notre mère reposent côte à côte dans le sommeil éternel, sans crise de nerfs ni déchaînement de fureur. Ils sont en paix, liés par un véritable amour qui, après avoir été ébranlé et bousculé par la vie, a enfin trouvé le juste repos. »

La disparition des personnes âgées, surtout celles dotées d'un caractère de cochon ou qui ont fait languir leurs proches avant de passer l'arme à gauche, est souvent accueillie comme une délivrance. Tel n'était cependant pas le sentiment qui prévalait à l'enterrement de grand-mère Tonia. Tout le monde savait qu'elle n'avait pas toujours été facile, qu'elle était entêtée, rancunière, envieuse, maniaque et tyrannique. Mais, à plus d'un égard, elle était l'incarnation de nous-mêmes, pour le meilleur et le pire, une essence qui ne se diluait pas dans l'eau de la résignation ou du compromis.

Elle nous insufflait du courage, car c'était une battante, elle ne baissait jamais les bras et protégeait la ferme bec et ongles. « *Nu, nu,* touche-les », m'avait-elle prié lors de l'une de mes dernières visites en allongeant les mains — du moins avait-elle essayé. Spectacle navrant. Ses doigts étaient affreusement déformés, surtout l'auriculaire qu'elle ne parvenait plus à lever en buvant son thé. « *Nu,* touche, touche, regarde comme ils sont douloureux et fatigués. »

La cérémonie achevée, tout le monde quitta le cimetière en direction du village pour s'installer sous la véranda, devant le porche. Même si elle n'était plus là, personne n'osait pénétrer dans la maison par la porte de devant ni par celle de derrière, de peur qu'elle nous tombe dessus à bras raccourcis. Tels les Hébreux s'apprêtant à traverser la mer Rouge lors de la sortie d'Égypte, chacun attendait que Nahshon ouvre la porte et franchisse le seuil le premier.

Nous étions très tristes. Nous ne ressentions pas le soulagement espéré, la douleur des regrets ni la honte de la résignation. Du coup, nous nous livrâmes à notre occupation favorite en toutes circonstances — relater des anecdotes, sur elle, sur grand-père, le village, la famille, en coupant les cheveux en quatre, parfaitement conscients qu'à partir de là une nouvelle histoire serait forgée avec au moins six versions différentes.

Soudain, ses deux filles, ma mère et ma tante, se levèrent d'un bond, ouvrirent la porte et entrèrent. Le silence retomba, il y eut un échange de regards, et puis tout le monde leur emboîta le pas comme un seul homme. La foule se pressait dans l'espace exigu. Ce fut comme une révélation. Nous n'y avions pas mis les pieds depuis si longtemps que l'interdit, comme toujours, en avait magnifié la beauté. La mélancolie, comme souvent, l'avait embellie, et les souvenirs, à leur habitude, en avaient considérablement agrandi la superficie. Ma mère et ma tante traversèrent la salle à manger, jamais utilisée, jusqu'à la porte que personne n'avait encore jamais franchie, elles obliquèrent à gauche et firent halte devant les pièces verrouillées, le temple de grand-mère Tonia.

La porte était fermée, bien entendu. Où était la clé ? La question créa une certaine confusion. On chercha dans les tiroirs, les placards de la cuisine. Peine perdue. Ma mère et ma tante se précipitèrent dans la cabane du jardin, où elles avaient grandi avec leurs frères, entassés dans une petite pièce devenue par la suite le « repaire » de la joyeuse « bande » indisciplinée, composée d'oncle Micha et de ses camarades, plus tard encore la chambre de l'oncle Menahem avant de se transformer en appentis branlant où s'amoncelaient les outils et les autres choses que les villageois gardaient précieusement, parce qu'ils ne jetaient jamais rien. Car si cela vous arrivait un jour, vous découvriez le lendemain qu'il s'agissait justement de l'objet dont vous aviez besoin.

La clé ne s'y trouvait pas davantage. Les uns affirmèrent que grand-mère Tonia l'avait emportée dans sa tombe. D'autres proposèrent de forcer la serrure. Ma mère se planta devant la porte et ôta le chiffon protégeant la poignée qu'elle tourna. Et ô surprise ! La porte n'était pas fermée à clé et s'ouvrit toute grande.

Les nez reniflèrent. Les yeux scrutèrent. Les oreilles se dressèrent. Les faits se vérifiaient dans les moindres détails : le silence glacé, l'air liquide, la pénombre transparente, la propreté absolue. La légende était vraie. Jusqu'aux draps en lambeaux sur les meubles.

Batsheva et Batya s'introduisirent dans les pièces interdites et ouvrirent les fenêtres closes. La lumière et l'air s'engouffrèrent dans les chambres, en même temps que les regards des membres de la famille, agglutinés sur le seuil, tandis que d'autres s'étaient massés dehors pour regarder par les fenêtres béantes. Ensuite, ce fut au tour de la poussière, des aiguilles de casuarina, des plumes souillées des pigeons, du pollen des fleurs, des graines volantes et des brins de paille qui attendaient leur heure derrière la porte depuis tout ce temps.

Il se produisit alors un fait incroyable, mais véridique : après avoir débarrassé le divan, les fauteuils et les armoires ouvragées des vieux draps qui les recouvraient, ma mère et ma tante troussèrent leurs jupes, elles grimpèrent sur le canapé de grand-mère Tonia et se mirent à sauter, comme si elles avaient préparé leur coup de longue date, y avaient mûrement réfléchi, s'y étaient peut-être même entraînées, ne serait-ce qu'en imagination, et en avaient discuté tout à l'heure, au cimetière.

Même ceux qui étaient physiquement présents avaient du mal à y croire, alors les autres, je n'en parle même pas… Mais les faits sont là. Elles sautèrent sur le sofa, les fauteuils, le buffet bas puis de nouveau sur le sofa, et ainsi de suite, en criant et riant, jusqu'à ce qu'elles atterrissent sur le grand lit avec son cadre métallique imitation bois marron foncé, où elles s'affalèrent, étroitement enlacées, entre deux sanglots.

32

Et tandis que tout le monde regardait ma mère et ma tante sauter sur les meubles de grand-mère et se vautrer sur son lit, qu'elles souillaient de leurs larmes, j'en profitai pour filer dans le saint des saints, la salle de bains.

Là aussi, la porte était fermée, mais non verrouillée. J'allumai la lumière, ébloui par la blancheur immaculée des murs, la baignoire étincelante, l'éclat des carreaux de faïence. À en croire la rumeur, Nadav avait été le dernier à y mettre les pieds, et grand-mère avait nettoyé à fond après son passage. Il n'y avait pas une seule tache, pas une trace ni le moindre grain de poussière. Quant à l'aspirateur, il était invisible ; son *sweeper* s'était volatilisé. C'est alors que, trônant au milieu de la pièce, je remarquai la chope de bière allemande qu'elle avait toujours refusé de me donner. On aurait dit qu'elle m'attendait avec un sourire triste : « Tu peux m'avoir maintenant. Elle n'est plus là. »

Je me baissais pour m'en emparer quand un silence de plomb s'abattit sur la maison, si profond que je le ressentis jusqu'au tréfonds de mon être, pas seulement par les oreilles. Je me retournai, la chope à la main — ils étaient tous là, muets, suspendus à mes lèvres.

« Il n'est pas là », fis-je, décontenancé.

Chez nous, on raconte des histoires qui s'éparpillent ensuite un peu partout — elles flottent dans l'air, s'accrochent aux habits ou sont absorbées dans le tube digestif : elles pénètrent par les pores de la peau puis sont rejetées par la bouche. Il n'y a pas vraiment de secret, surtout quand la porte de la salle de bains est grande ouverte. Tout le monde connaissait l'épisode d'Abigaïl dans ses moindres détails y compris, et surtout, l'âpre marchandage qui s'ensuivit. On l'avait déjà enjolivé de nouvelles versions et ajouts.

Des regards accusateurs me fixaient. On me soupçonne encore d'avoir convaincu grand-mère Tonia de céder le *sweeper* à Abigaïl, avec un joli magot au passage. D'autres pensent que je l'ai vendu moi-même en empochant l'intégralité de la somme. Le lecteur, je l'espère, aura compris qu'il s'agit là d'un tissu de mensonges et de calomnies colportés par « les pièces rapportées » de la famille. Mais comment prouver mon innocence ?

Je niai, en pure perte. Après quoi, je tentai de rejeter la responsabilité sur mon cousin Nadav, objectant qu'il avait été le dernier à pénétrer dans la salle de bains, le seul à avoir su persuader grand-mère Tonia de lui en laisser l'usage — rien ne résistait à pareil individu, rien n'était sacré à ses yeux. En plus, Nadav avait un mobile : il aimait les vieux appareils et, je l'ai dit, il était très adroit, comme son père l'oncle Arik et notre oncle Yitzhak, dont il avait hérité cette propension à démantibuler et remonter tout ce qui lui tombait sous la main. « Il a emporté le *sweeper* pour en découvrir les secrets », dis-je. Mais cela n'avait convaincu personne.

Le temps passant, je n'essaye plus de me justifier, d'expliquer, de nier, d'accuser ou de calomnier qui que ce soit. Aujourd'hui, ceux qui me croient encore coupables ne m'en veulent plus. Peut-être espèrent-ils que je vais avouer, non par amour de la justice ou du gain, mais parce qu'ils rêvent d'entendre une nouvelle histoire, une variante, un autre récit.

33

Alors que quelques mois plus tard, au cours d'un voyage aux États-Unis, je marchais dans la rue, à la périphérie de Los Angeles, mes pieds cessèrent d'avancer et s'ancrèrent dans le sol, comme les sabots de Whitey au bord de l'oued. Je pivotai sur moi-même : je ne m'étais pas trompé. J'avais vu juste. Il était là. Au beau milieu de l'immense vitrine d'un luxueux magasin d'électroménager — sur une petite estrade en bois tendue de velours, au milieu d'une armada de machines à laver, sèche-linge, mixeurs, lave-vaisselle, réfrigérateurs et d'aspirateurs les plus sophistiqués — le *sweeper* de grand-mère Tonia, en parfait état, brillait de mille feux.

Je m'avançai pour mieux voir. Aucun doute : les grandes roues en caoutchouc, le châssis chromé en forme de tonneau, le gros tube noir. Lui aussi m'avait repéré car il se dirigea gracieusement en silence vers moi, jusqu'à toucher la vitre.

J'entrai dans la boutique, m'attendant à trouver Abigaïl derrière la caisse. Elle n'était pas là et je ne vis personne qui ressemblât à son père ou à son mari. Mais il y avait bien un vendeur, un caissier et un gérant — le propriétaire ? —, un jeune homme courtois et très élégant.

Pouvait-il m'aider ? s'enquit-il. Je lui demandai d'où provenait l'aspirateur exposé dans la vitrine.

« Il n'est pas à vendre.

— Je n'ai pas l'intention de l'acquérir. Je voudrais juste connaître sa provenance. »

Il l'avait acheté à quelqu'un qui l'avait déniché dans un vide-grenier, m'apprit-il avant de m'inviter à le suivre dans la vitrine.

Nous nous approchâmes de l'appareil.

« Il est comme neuf, s'enorgueillit le jeune homme. *Mint condition*. Des collectionneurs seraient prêts à débourser cinq mille dollars au moins pour "un appareil de cet âge et dans ce parfait état de conservation" », ajouta-t-il. Oh, Abigaïl, espèce de faux jeton ! Lui, en tout cas, l'avait payé cinquante dollars à un type qui l'avait obtenu pour vingt dollars à peine. « Il était encore plus content que moi, sûr d'avoir fait une super affaire ! Et il marche, précisa-t-il. Il faut juste remplacer un joint usé. »

J'aperçus mon visage distordu dans le chariot brillant. J'avais l'air raplapla de quelqu'un qui aurait eu bien besoin d'une grande cuillère de crème fraîche pour se remettre d'aplomb et d'une grand-mère qui lui donne la becquée.

« C'est courant avec ce modèle », ajouta le jeune homme.

J'étais soulagé. Je n'avais plus l'air d'un chien battu, même dans le miroir déformé.

« Au fait, si vous vous intéressez aux aspirateurs, nous avons de beaux musées dans ce pays. Chez nous aussi, en Californie.

— Non, pas vraiment. C'est juste que ma grand-mère avait le même.

— Les aspirateurs nous font davantage vibrer que les frigos ou les machines à laver, c'est curieux, non ? »

Je ne savais trop quoi répondre, d'autant que, personnellement, j'ai une nette préférence pour les lave-vaisselle.

Quelque temps plus tard, j'achevais mon premier livre avec un mochav imaginaire pour décor, doté, entre autres, d'une cache d'armes tout aussi fantaisiste. J'inventai également une femme maniaque de la propreté. Sur ce plan, elle n'était pas sans me rappeler grand-mère Tonia, à qui elle n'arrivait toutefois pas à la cheville en dépit de mes efforts.

J'envisageais de la dépeindre sous les traits d'une sorcière moderne et j'avais d'ailleurs écrit une scène où on la voyait chevaucher un aspirateur en guise de balai. Je m'étais demandé quelle serait sa destination parmi les villes figurant sur le cadran de verre de la radio — le palais de Buckingham à Londres ou celui du sultan à Istanbul ? En fin de compte, je jetai mon brouillon à la corbeille et décidai de coller à la vérité : ce n'était pas une femme mais un âne qui s'envolerait à tire-d'aile. Pour ma part, je n'étais pas davantage un vrai mochavnik, ainsi qu'oncle Yitzhak me l'avait prédit un jour, mais un fils de paysans de Nahalal, comme me le rabâchait ma mère. En d'autres termes, je m'y connaissais assez en agriculture pour savoir que les meilleures fictions croissent sur le terreau de la réalité.

Et comment cela s'est-il terminé ? Le *sweeper* a bel et bien disparu, de même qu'Abigaïl. La chope de bière léguée par grand-mère Tonia s'est brisée. La baraque en bois, la buanderie, la couveuse pour poussins, l'« excellente douche » aménagée dans l'étable et l'étable elle-même, tout cela a été rasé. Les outils fabriqués par l'oncle Yitzhak se sont retrouvés dans un musée où ils ont été détruits par un incendie. La maison de grand-mère a été louée et je n'y ai plus remis les pieds. Le cadre métallique marron du grand lit sert aujourd'hui de barrière dans l'enclos des jeunes veaux. C'est comme ça chez nous. On ne jette jamais rien.

La plupart des protagonistes de cette histoire sont décédés. Grand-mère Tonia n'est plus, grand-père Aharon non plus et on a arraché son citrus spécial. Whitey et Ah sont morts, de même que mon père, ma mère, mes oncles Moshe, Yitzhak, Ya'acov, Binya, Itamar et enfin Menahem. Nous venions de célébrer le premier anniversaire de sa mort au moment où j'entrepris ce récit. D'une certaine manière, ce fut encore plus triste que ses obsèques, avec une abondance de larmes et de gémissements. La pluie tombait à verse sur le cimetière, ce qui acheva de nous démoraliser. Son frère aîné, oncle Micha, mentionna alors une berceuse que grand-père Aharon chantait à Menahem bébé. « Ça ne s'est pas passé comme ça ! » s'insurgea aussitôt tante Batsheva. Et tout le monde de sourire de soulagement sous les parapluies. En dépit des deuils, la famille est bien vivante et de nouvelles variantes voient encore le jour.

C'est la fin de mon récit. Alors, voilà... Les choses se sont passées ainsi, dans leur version non expurgée. C'est comme ça chez nous : on adopte le langage et les idiomes familiaux, on se remémore les anecdotes, on ne va nulle part les mains vides, on se bourre de *selyodka* et de *kholodets*, pour les plus fanatiques. Tel est en effet l'essentiel : être fidèle à la vérité, même si celle-ci vous est parfois infidèle ; en exprimer judicieusement le suc, non pas comme un homme, mais comme une femme ; la traduire en histoires et les scruter à la loupe, encore et encore, jusqu'à ce qu'elles deviennent propres et bien nettes.

DU MÊME AUTEUR

Aux Éditions Gallimard

FONTANELLE, 2011.

MA GRAND-MÈRE RUSSE ET SON ASPIRATEUR, 2013 (Folio n° 5815).

Chez d'autres éditeurs

QUE LA TERRE SE SOUVIENNE, Albin Michel, 1990 ; Le Livre de Poche, 1996. Prix Wizo 1990 pour la traduction.

LE BAISER D'ÉSAÜ, Albin Michel, 1993.

POUR L'AMOUR DE JUDITH, Calmann-Lévy, 1996 ; Points, 2004. Prix Juliet 1999.

LA MEILLEURE FAÇON DE GRANDIR, Éditions des Deux Terres, 2004 ; Points, 2008.

MA BIBLE EST UNE AUTRE BIBLE, Éditions des Deux Terres, 2008 (Folio n° 5525).

LE PIGEON VOYAGEUR, Éditions des Deux Terres, 2009 (Folio n° 5526).

Composition : IGS-CP
Impression Novoprint
à Barcelone, le 15 décembre 2014
Dépôt légal : décembre 2014
Premier dépôt légal dans la collection : août 2014

ISBN 978-2-07-045296-1./Imprimé en Espagne.

281667